U0953945

新京报
品质源于责任
2003.11.11-2013.11.11

风华

人物卷

新京报社◎编

新京报十周年丛书编委会

主　　任　戴自更
编　　委　王跃春　何龙盛　王　悦
　　　　　王爱军　刘炳路

本书主编　曹保印
执行主编　尹武进
编　　辑　赵勇力

中国发展出版社
CHINA DEVELOPMENT PRESS

图书在版编目（CIP）数据

风华：人物卷 / 新京报社编．—北京：中国发展出版社，2013.11

（新京报十周年丛书）

ISBN 978-7-5177-0025-8

Ⅰ.①风…　Ⅱ.①新…　Ⅲ.①新闻报道—作品集—中国—当代　Ⅳ.①I253

中国版本图书馆 CIP 数据核字（2013）第 239517 号

书　　　名：风华（人物卷）
著作责任者：新京报社
出 版 发 行：中国发展出版社
（北京市西城区百万庄大街 16 号 8 层　100037）
标 准 书 号：ISBN 978-7-5177-0025-8
经　销　者：各地新华书店
印　刷　者：三河市文昌印刷装订厂
开　　　本：700mm × 1000mm　1/16
印　　　张：14.25
字　　　数：240 千字
版　　　次：2013 年 11 月第 1 版
印　　　次：2013 年 11 月第 1 次印刷
定　　　价：35.00 元
联 系 电 话：（010）68990535　68990692
购 书 热 线：（010）68990682　68990686
网 络 订 购：http：//zgfzcbs.tmall.com
网 购 电 话：（010）68990639　88333349
网　　　址：http：//www.develpress.com.cn
电 子 邮 件：10561295@qq.com

版权所有・翻印必究

本社图书若有缺页、倒页，请向发行部调换

与心灵对话

这是一本对话集。

书房里打进一缕阳光，桌几上一杯清茶。记者和受访者面对面，问国家时事，谈创业艰辛，聊心理路程……这是新京报日常报道业务中最常见的场景。

新京报几乎每天都有对话之类的栏目。之所以看重对话，是这种原汁原味的采访形式，最能表现当事者的真正想法，口语的平易也拆掉了书面语言不易阅读的墙。

所谓“对话”，并非一定都是“对”的话。世界上绝无绝对的真理。这里的“对”，是找到“对”的人，和他面对面，袒露心声，真诚交流。

创刊 10 周年，先后有数百人走上了新京报的对话和访谈版面。这本书选取了其中的 40 个人的对话录，大致包括 3 个方面的内容，一是专家学者和政府官员对国计民生问题的“诊疗”，二是创业家们谈自己的经历和对经济问题的看法，三是艺人讲述自己从艺之路和人生感悟。

篇幅最多的是专家学者对时事问题的分析。关于“慈善扶贫”，成思危建议建立对“富者扶贫”的激励机制；关于新一轮解放思想，原人民日报副总编辑周瑞金提出重在“还权于民”；马立诚则认为“中国改革需要新的观念突破”；环保部副部长潘岳多年前就提出“修修补补解决不了环境问题”，需要对环保问题进行革命性的变革，至今读来仍然振聋发聩;华生、姚洋、周其仁等经济学家对“改革红利”、城镇化、“经济升级”等中国经济改革也都提出了独到见解；法律专家陈忠林教授大力呼吁“立法是改革劳教根本之道”。

郑永年先生对“民族主义”有深刻的理解，提出要“防御性”的民族主义而不是“进攻性”的民族主义，后者会对国家民族造成灾难；李泽厚与易中天的对话，更是提出“警惕民族、民粹主义合流”，杨继绳提出“警惕社会阶层的固化”,而央视评论员白岩松谈常识、理性与信仰，他有一句话传播甚远:“我们走得太快了,慢下来,等等我们身后的灵魂”。

柳传志、俞敏洪、王健林、郭广昌、王中磊、雷军，这些媒体常客，其实更打动人的不是他们的财富，而是他们附着于创业经历上的思想富矿。关于财富，关于视野，关于感情，关于朋友……看看他们的访谈，或许真能改变对世界的些许看法。

还有我们常常侧目而视的艺人。大红大紫的葛优却低调地说“我就是赶上了”,因醉驾而坐牢的高晓松出来后接受新京报独家采访,坚信“人生都是写好的剧本，总能接着走下去”，而王石的女友田朴珺，哦，竟是一个那么有个性的女人。

新京报创刊时，有个口号叫“一出生就风华正茂”。本书取“风华”为名，一则是对书中主角的恰当评价，二则也是在追忆当年新京报“出生”的岁月。

猝不及防，人们忽然就走进了碎片化时代、浮躁时代。人们好像没有心情倚靠在慵懒的午后日光里，读一本书，也没有心情沧一杯浓茶，听朋友倾诉。可是，没有对话的时代，该是多么无聊、无趣。

这本书多多少少能改变些吧。想想，静静地旁听一群有见地的人的对话，说不定真是一种享受呢。

王爱军（新京报副总编辑）

2013年10月

Contents 目录

上卷：我们的观点

上卷对话了杨继绳、彼得·辛格、葛优等人，洋洋洒洒、气势恢宏地呈现了在当下中国“千年未有之变局”的大时代背景下他们的所思所想，19位智者的信仰和观念是人类之光，照亮我们周围的昏暗，给我们开启一个新的航线。

下卷：他们的十年

下卷讲述了柳传志、钟南山、姚晨等人的故事，他们个个性格鲜明，虽采访笔法不同，但其内里的“精、气、神”则完全一致，这21位人士都是这十年来叱咤一时影响深远的时代风云人物，他们的嬉笑怒骂、命运沉浮、人生追求——就是一部活着的中国十年现代史。

新京报

品质源于责任

新京报十周年丛书

上卷：我们的观点

上卷对话了杨继绳、彼得·辛格、葛优等人，洋洋洒洒、气势恢宏地呈现了在当下中国“千年未有之变局”的大时代背景下他们的所思所想，19 位智者的信仰和观念是人类之光，照亮我们周围的昏暗，给我们开启一个新的航线。

创造机会让1300个“谢军”脱颖而出

成思危

第九届、第十届全国人民代表大会常务委员会副委员长。

（图：侯少卿）

背景

中国扶贫基金会发起主办的“新长城——特困大学生自强”项目于2002年9月1日在北京正式启动。针对特困大学生的各种困难，新长城项目为特困大学生提供了经济资助（主要是生活费资助，每人每年2000元，资助年限为1、2、3、4年）、成才支持（主要通过组建高校自强社）和就业服务等全方位的帮助。

新京报作为与中国扶贫基金会关系最为紧密的媒体合作伙伴，联合主办了“新长城高考贫困生寻访”、“新长城高考义卖”等系列活动，在2006扶贫中国行捐赠表彰大会上获得年度媒体贡献奖。

新长城活动的“可持续”发展需要思考

新京报：在中央民族大学，“新长城2007贫寒学子新春关爱活动”给211名贫困学生发放了每人460元的爱心路费，这也是新长城发放的最后一批路费。据新长城负责人介绍，该活动共筹集了60多万元善款，为1190名学生发放了爱心路费，并替留京的200多名学生找到了打工岗位。你对此有何感想？

成思危：我很高兴。同时我也希望这种工作要持之以恒、年复一年地做下去。上次在“2006新长城优秀特困高考生寻访行动”启动仪式大会上，我也提了一点意见，就是怎么样能让这种活动“可持续”地发展。这个问题是需要思考的。这就不单是捐款人和新长城活动组织者的事，也需要接受资助的大学生本身养成这样的观念：“我因为接受了资助而完成学业，等到大学毕业参加工作了，我同样要发扬爱心，去支持那些需要帮助的人”。这些学生毕业以后，收入、地位、境况都会发生改变，他们同样应该反哺帮助过自己的人。这一点我觉得很重要，只有提高整个社会对贫困大学生的关怀，新长城活动才可能实现“可持续”发展。

新京报：作为中国扶贫基金会的名誉会长，从新长城活动中，你觉得怎样能保证扶贫基金真正发到需要帮助的人手中？

成思危：有一点让我觉得很有启发意义：我们扶贫的资金要用在刀刃上，但是具体怎么用？一定要真正送到需要帮助的人手里，这点非常重要。所以，我觉得新长城有一个做法很好，就是有义务工作者亲自去调查，那就可以发现问题了。

有些申请的所谓“贫困”大学生的家庭实际是村里的“首富”，这个我也看报道了。如果不下去调查，只是听下面的报告，那可能这钱发不到真正需要帮助的人手里，所以，这一点做法我是很赞成的。一定要防止层层截留、虚报冒领这些作假现象。

经济发展到一定程度后，要注意财富的三次分配

新京报：新长城活动开展以来，始终得到了新闻媒体的高度关注。你怎么评价媒体在其中的作用？对以后的工作有哪些建议？

成思危：我觉得媒体参与这种活动，社会效果是很好的。我曾经在云南的一次会上讲，新闻记者的作用，第一是振聋发聩，第二是弃旧投新，第三是抑恶扬善，第四是务实求真。这就是媒体应该起的作用。我觉得你们做这种事就是抑恶扬善，也是振聋发聩，对不对？让大家知道这么个事。

我一直提倡，中国经济发展到一定程度以后，要注意财富的三次分配，要提倡慈善事业的发展。我很高兴地看到，媒体在这个方面做一些引导，就有这么多人响应，这说明社会上有同情心、有爱心、有良知的人还是很不少的，尽管现在也有一些商业化的慈善行为。随着我们国家经济的发展，慈善事业应该说还有更广阔的发展空间。

新京报：你曾经在不同场合谈到，应该建立激励机制，促使先富起来的人在自愿的原则下支持那些弱势群体。

成思危：是的。在国外，最大的激励机制就是减税，对捐赠的企业和捐赠的个人，能够通过税收来抵扣。

这样就能够进一步激励。另外，这也是一种合法的避税。应该让捐赠的人感觉到，由于自己的捐赠而获得了政府的支持。不像几年以前有的企业家就反映，捐了一个希望小学20万元，还要交6.6万元的税，这样他就不愿意做了。

现在这个情况已经变化了，现在对企业已经有规定了，但是对个人还没有规定，以后还需要进一步完善捐赠抵扣税的办法和机制——不仅包括对企业，也包括对个人，我觉得这是最主要的机制。另一方面也可以通过精神鼓励的方式等等。

根据我国慈善事业发展的现状和存在的不足，我们需要进一步加快发展步伐，尤其需要加快制度创新，选好为困难群众真正需要的、可持续发展的慈善项目，完善筹资渠道和方式，保证把慈善资金管好、用好，使社会各界的爱心得到充分发挥。对中国来说，政府的组织作用还是很重要的。今后，希望民政部会同有关政府部门，加强对慈善事业发展的政策支持，完善表彰激励机制，组织好、管理好，提高办事效率，让全社会共同关心和支持我国慈善事业的快速、健康发展。

大学生要从长远角度看待接受资助

新京报：输血治标，造血治本。目前，大学生就业难也是一个社会关注的问题。与此对照，在建设社会主义新农村的过程中，需要大量人才。您也认为，应该鼓励受社会资助的贫困大学生回农村，建设农村。现在制约大学生到农村就业的主要障碍有哪些？

成思危：这个恐怕首先还是就业观念。说句实话，从农村出来的孩子，起码是有一部分不愿意回到农村。

好不容易跳出“农门”，还要回去？所以，首先还是就业观念需要转变。另外我认为，政府要用政策来引导这种行为，像北京鼓励大学生到农村去担任村官助理等一系列鼓励的措施。这两方面要结合起来。当然从辩证的角度来看，内因还是主要的，这些大学生本身的就业观念还是非常重要的，但是外因可以引导人们改变他的行为。

新京报：不可否认，现在特困大学生中，确实不愿意接受资助的人大有人在，认为是一种施舍，心理上造成压力。对这种心态，你怎么看待？

成思危：接受资助的人应该把资助看作是社会对自己的关心，而不是施舍；另一方面一定要有自强不息的精神。实际上，他们确实是因为经济困难而接受资助。我希望他们应该有这样的心态：我因为接受了这个资助，就一定要努力学好知识，将来对社会能够起更大的作用。第三要有回馈社会的精神。今天接受资助，是因为自己需要；将来一旦自己有能力资助别人，也会慷慨解囊。接受资助并没有什么可耻的。所以我觉得，应该从这么一个长远的角度看，而不要从一时接受资助、心里不好受这样的角度来看。

新京报：有人认为，类似新长城这样的活动，将关注点着眼于考取大学的经济困难学生，是锦上添花之举；那些由于家庭经济原因而辍学的适龄儿童更加应该受到关注。对此你怎么看？

成思危：要重视教育扶贫，教育托起后天的希望，贫困地区发展需要人才，需要提高农民的文化技术水平，所以在教育方面要投入更多的力量。义务教育是国家拿钱，所以不应存在经济问题；义务教育以后不能继续上学的，不但有高中，还有职业教育学校。所以我个人看法，确实是都应该关注；因为有些孩子不能上高中，更谈不上上大学了。

但问题在于，社会公益力量发展还是不平衡的。

新长城项目着重关注贫困高考生，将来或许会有其他组织关注其他某一个群体，毕竟，新长城不可能将所有的事情都包办起来。当然，对农村来说，也有一个更加现实的问题：农村出一个大学生很不容易，所以从这一点来说，新长城的影响效应可能更明显一些。中国有很多优秀人才就是因为没有机会而无法出人头地，所以机遇对他们是很重要的。有人说类似谢军那样的头脑，十万人中才有一个，那你说中国应该出多少个“谢军”？

应该出 1300 个“谢军”才对嘛！为什么只有一个谢军呢？因为另外那 1299 个，没有机会接触国际象棋啊！所以应该说我们中国是有很多优秀人才的，我们应该创造机会让他们脱颖而出。

应建立“富者扶贫”的激励机制

新京报：什么力量让你持续关注中国的扶贫事业？

成思危：可以说，我从小接受的教育就是这样。

我出生在一个知识分子家庭，父亲是新闻界的元老，我母亲留学法国，学习法国文学。所以他们教我 4 岁读唐诗，6 岁读《资治通鉴》；而且，我对范仲淹这样“居庙堂之高则忧其民，处江湖之远则忧其君”的人是非常敬佩的。我 16 岁从香港回来以后，一直在国内生活，也走过很多地方，看到很多贫穷落后的问题。我总觉得，中国要富强，必须要提高全民的生活水平，所以我对邓小平的社会主义市场经济理念是非常赞成的。

搞好扶贫工作也是坚持社会主义制度，保障社会公平，特别是弱势群体合法权益的重要体现。我一再说，一方面，我们需要学习和运用市场经济手段，来提高经济发展的效率和效益，因为只有经济实力增强了，才可能提高人民生活水平。但另一方面也要坚持和完善我们的社会主义制度，保障社会的公平和正义。否则，社会贫富差距越拉越大，社会不稳定，也没有效率可言。反过来说，你只讲公平，无视效率，怎么满足人民群众日益增长的物质文化需求呢？那只能是低水平的所谓公平。如果说上世纪八九十年代的时候，我们比较多的关注效率的话，在今天我们初步实现基本小康的时候，恐怕就应该更多关注一些公平问题。

同时我也可以告诉关注中国扶贫事业的人们一个好消息，民建中央发起了一个“思源工程”，顾名思义，就是“饮水思源”，主要目的就是动员我们民建会员中的企业界朋友积极参与扶贫慈善事业。对扶贫慈善事业，我们不但要讲，而且要善于去做，身体力行，知行合一。由单个企业去做，效果不是很理想；如果集合起来，发挥整体效应，社会效果就会更好。所以，我希望能为他们做更多的事。

（2007 年 2 月 16 日刊发，记者：陈宝成）

政治体制改革“五步走”

周瑞金

笔名皇甫平，曾任解放日报副总编辑，人民日报副总编辑等职。

（图：周瑞金提供）

■ 背景 ■

解放思想成为热词，人们并不奇怪，因为从2007年年底到今天，自南方始，这个词已经掀起了一场全国范围内的小高潮。2007年12月，甫到广东上任的省委书记汪洋，发表了《继续解放思想，坚持改革开放，努力争当实践科学发展观的排头兵》的讲话，在这篇讲话里，汪洋告诫广东的官员，“必须认识到，再不解放思想，锐意进取，用改革创新来解决这些问题，广东排头兵的位置将难以自保，全面实现小康的目标将难以实现”；要“以当年改革开放初期‘杀开一条血路’的气魄，努力在实践科学发展观上闯出一条新路”。这一讲话引发了社会各界的高度关注，全国很多媒体迅即展开报道和讨论。

循此脉络，不难发现，这一次围绕解放思想的讨论，并非突然而至的孤立事件，而有着深厚的改革背景，呈现出中央与地方相互呼应之势。这一次讨论，能否被称为继“真理标准”讨论、“生产力标准”讨论之后的第三次思想解放？这一次思想解放，对象是什么？任务是什么？能否触及改革的核心问题而避免陷入空谈？

为此，新京报专访了曾在上世纪90年代初的“姓社姓资”大讨论中起过重要作用的周瑞金先生。

为什么会有新一轮“思想解放”

新京报：中国又处在一个改革发展的关键时刻，又到了一个拐点。广东掀起了一场解放思想的大讨论，引发了全国范围内的关注。怎么看待这一现象？

周瑞金：这一次大讨论，可以称为“第三次思想解放”。回顾30年改革开放的历程，凡是大的思想解放运动，都是在中国发展的关键时刻产生的，突破主要的思想障碍，树立新的判断是非的标准。

第一次是1978年展开的“真理标准讨论”，当时，中国面临一个向何处去的问题。那一次思想解放高潮，主要是为了突破“两个凡是”的思想束缚，讲到底，是为了突破对领袖的个人崇拜。

第二次思想解放，也是类似的背景。1989年风波以后，我们又徘徊了3年。有人提出改革开放不能再搞了，再搞下去就会被西方势力和平演变。在这个历史发展的关键时刻，要不要继续高举改革开放的大旗，摆在了中国共产党和广大老百姓面前。那场思想解放大讨论，突破了凡事都要问姓社姓资的观念，树立了生产力标准的权威。

新京报：1991 年，你主持撰写了 4 篇署名“皇甫平”的文章，引起了很大的关注。

周瑞金：中国又处在一个改革发展的关键时刻，又到了一个拐点。经过了第二次思想解放，从十四大确立社会主义市场经济改革目标以后，这十几年在取得巨大成就的同时，也积累了大量的问题。

前面我说过，第一次思想解放运动前有三年徘徊，第二次也有三年徘徊，第三次很巧也有三年大争论，从 2004 年下半年开始，围绕改革开放的大争论。有人认为改革共识破裂，提出改革带来祸害，认为市场化改革方向错了。这是第三次思想解放面临的主要背景。

新京报：为什么这几次思想解放是以“次”或“运动”的形式出现？我们理解，思想解放应该是一个过程，贯穿发展和改革开放的始终。

周瑞金：准确地讲，是新一轮思想解放运动。当上下获得共识，需要突破某个思想障碍的时候，在这种意义上形成“高潮”，并不是激烈的冲击。实际上，思想解放已经越来越缓和，越来越在取得大家共识的基础上推动。

当然，能不能称为“第三次思想解放”，能不能和前两次并列，这个要靠历史来评价。如果推进得很成功，可以讲；如果没有很大的思想突破，没有在改革发展上出现明显的新局面，就不能讲。

思想解放要解决的六大问题

新京报：今天面临的问题，既是重提解放思想的背景，也是掀起第三次思想解放运动的动因。具体而言，面临哪些问题？原广东省委书记汪洋提到，广东目前存在“社会事业滞后、发展方式粗放、城乡不平衡、民生问题突出”等问题，这些问题在全国有没有普遍性？

周瑞金：汪洋提到的问题在全国有代表性。我总结为六大问题。

第一，三大差别拉大：区域差别、城乡差别、贫富差别拉大；第二，社会事业的严重滞后。中央为什么在 2003 年非典之后提出科学发展观，提出五个协调，就是我们的经济发展与社会发展很不协调。比如在卫生方面，一些县级医院只有一台呼吸机，如果非典传到农村，后果不堪设想。教育领域也是如此；第三，就是民生问题很突出，看病贵、就业难、住房难、上学难突出；第四，经济发展粗放。能源、资源大量投入，产出比例比较低，带来了第五个问题，就是环境遭到严重污染，生态遭到破坏。一些地方非常缺水，空气污染严重；第六，一些地方、一些领域腐败现象严重，社会风气不好。

以上市场化改革后累积起来的六大问题，必须加以改变。

市场化改革方向没有错

新京报：这些问题，究竟是市场化改革方向错误带来的，还是改革之中的问题，存在很大争论。这也是有人提出改革暂停，或改革应该往回走的理由。这个问题，是解放思想大讨论必须首先解决的理论问题，或者说，大讨论必须要回答、解放哪些思想？

周瑞金：我认为，这些问题恰恰是市场化改革还不够彻底，没有完全按照法治的市场经济去做带来的，而不是市场化方向本身错误。完善的市场经济应该有法治的保障，当前的政治体制改革没有跟上，尤其是政府的职能没有完全转变，政府是发展经济的主体，而不是经济调节、市场监管、社会管理和公共服务的主体，没有转到法治、廉洁、责任的政府上来。

我认为，社会的主要矛盾没有变化，还是人民群众对物质文化的需求与落后的社会生产之间的矛盾，这个从改革开放之初提出来，一直到现在还没有改变。但主要矛盾的主要方面变化了，上世纪 80、90 年代主要解决私人物品不足的问题，解决衣食住行等最基本的温饱问题，到了新世纪以后，发生了改变，现在最缺公共品。“端起碗吃肉，放下碗骂娘”。吃肉说明私人用品解决了，骂娘骂的是公共品不足：没有完善的社会保障，就业很难，房子很贵，看病很贵，信息不对称，还有司法不公正、分配不公正的问题，缺少知情权、表达权、参与权、监督权，所以骂娘。

新京报：问题出在政府身上？

周瑞金：对，要深化政府管理体制改革，首先职能要转变，现在政府大量财政用于拆迁改造城市，拆迁过程中对被拆迁主体又不尊重，对被征地的农民不尊重，有的地方政府和开发商联合起来，城市建设得很漂亮，机关大楼也修得漂漂亮亮，但老百姓没有房子住；义务教育本来就该国家财政保障，怎么还兴师动众搞希望小学，这是不应该的。

新京报：有一个现象需要解释，2006 年初你发表《改革不可动摇》之后，反倒遭到很多网友的反对和抵制，一些网民怀念市场化改革之前的制度，认为那时候更好一些，你怎么看？

周瑞金：一些网友的观点也是从切身感受来的，从感性的角度，好像搞市场化对自己不利，上不起学、看不起病，但是，要解决这些问题，要走回头路，再搞计划经济，以阶级斗争为纲，行吗？不行。改革总体带来的还是社会的全面进步，财富的不断创造，这是不争的事实。即便现在困难的家庭，也比以前提高了，多数还有电视看。现在网上很多年轻人，根本不知道改革之前是什么样子。

能重叠，也是政治体制改革的一个课题。

新京报：其他层面呢？

周瑞金：第二步，要从党内民主开始，真正实现民主选举、民主决策、民主管理、民主监督。有人提的很具体，从县市开始，县委书记、市委书记都要由两个候选人竞选，选上的当县委书记、市委书记，选不上的当纪委书记。这样就迫使官员不光往上看，还要往下看，既要对上负责，也要对下负责。书记就不能成为"一把手"了，因为还有一双眼睛盯着自己呢。最终形成一个真正的、完善的监督体系，党就真正从革命党转变为现代化的执政党。这个要慢慢推进。

第三步，抓民意机构改革。首先是人大，人大的职能要全面，现在的人大主要是立法机关，其实人大的第一职能应该是决策，第二是立法，第三是监督，重大决策的形成应该首先在人大讨论，一些大的改革措施，要由人大来决策，这种决策比通过一个法律还要严肃。另外就是现在的人大监督职能不完善，过去还有把部长喊过来问责，现在都没有了。人大就是要向政府问责。还有人大代表结构的调整，1个多亿的农民工有3个全国人大代表，还不够。人大确实需要从民意机构的角度进行改革。

第四步，加强新闻管理体制改革。

这两年，互联网在推动民主政治方面，越来越重要，这是好现象，也给我们新闻体制的改革提供了参考。我们要重视民间很丰富的政治智慧和认识，为决策者所借鉴，提高决策的效能。比如黑砖窑事件，就是地方电视台和互联网上率先披露出来的，还有"周老虎"、"欧阳坑"、"刘羚羊"等，都是网友发现的，非常不简单。

当然，互联网有一些民粹主义的思潮，但总体上随着社会的进步，网民素质的提高，互联网成为了网民表达民意、参与社会很好的手段，我们党为什么不可以将互联网作为收集民意的手段呢？总之，言论的自由度要打开，这对推动政治体制改革、文化体制改革都很有好处。

最后，就是推进人民民主。

上面这些步骤只是一个规划，对中国而言，不可能一蹴而就，需要根据国情发展而推进，但也绝不是停步不前。重大理论问题是绕不开的。

形成政府、社会、市场三元格局

新京报：你刚才提到了经济、政治、社会、文化的四位一体改革，请详尽阐述一下？

周瑞金：政治体制改革要再深入下去的话，要形成政府、社会、市场三元格局，这才是比较完整的法治市场经济的体系。

政府的职能是宏观调控，不是来干预微观经济的。市场格局是专门创造财富的体制，要把市场交给企业。全能主义政治是政府包办社会的一切，老百姓吃喝拉撒睡都要政府来管，政府管不好也管不了，公民的积极性没有起来，是被动的。和谐社会是公民自治的，公民是很活跃的。十七大提出要建设公民自我监督、自我约束、自我教育的社会自治体系，社会要自治。政府、社会、市场并列起来，就是一个突破，说明社会是一支独立的力量。

新京报：2008年南方雪灾就暴露出这个问题，一些地方雪灾后，如果公民社会发达，公民自治组织是可以起来自行救灾的，而不是等着政府来解决。

周瑞金：对，雪灾暴露出我们的社会还没有形成一个独立的力量，社会格局没有形成。

政治体制改革的一个目的，就是政府管宏观调控，社会管社会自治，市场管创造财富，这样的一个三元格局形成了，和谐社会就形成了。所以，首先从政府行政体制改革切入，形成政府归政府、社会归社会、市场归市场。当然，政府作为公共权力，还有一个社会管理、市场监管的责任，但它不是直接包办社会的一切，取代市场配置资源基础性作用的权力干预。

我还要讲一个，社会建设里面，有一个很重要的观念需要转变，不要把民间组织都看作是政府的对立力量，现在搞一个社会组织需要七批八批，门槛太高。基金会、协会等社会结构应该大量的发展起来，很多社会问题都要通过民间组织来解决。民间维权组织为老百姓维权没什么不好。我认为要有一个健康的公民社会，一定要有这些民间组织。

民生问题包括七个层面

新京报：现在提出社会建设要以解决民生为重点，这句话怎么理解？

周瑞金：现在很多地方政府一讲解决“民生”问题，以为提高一些低收入者工资，免掉小学的一些学费，增加一些教育经费，或者建设一些廉租房，就是解决民生问题了，这是很片面的。我认为真正解决民生问题的社会建设，应该有七个层面。

第一，是否建立完善的现代化的国民教育体系。这不是简单的增加教育经费就可以解决的。现代化的国民教育体系不但包括小学、中学、大学，还包括社会、职业教育、公民教育、终身教育，这些都是很重要的。

倡导创新型国家、学习型社会，建立完善的现代化国民教育体系是很关键的，不单靠学校教育，学校教育以外的终身教育、培训，也是属于国民教育体系里面的。

第二，要有覆盖城乡居民的基本社会保障体系。现在财政增长这么快，基本的社会保障体系还没有建立起来，这是很不应该的。我们在十四届三中全会确定建立社会主义市场经济体制的时候，就提出来建立社会保障体系的问题。在上世纪 90 年代就应该做的事情，结果呢，不是因为财力不够，而是由于部门利益化、利益部门化，有关部门之间相互扯皮争利，至今还没有建立起来。

第三，要建立公平合理的分配格局。不是说，简单的给最低收入人群增加工资就行了，而是要建立合理的分配体制，初次分配怎么分配，二次分配怎么分配，怎么靠税收进行调节。不是要把富人收入拉下来，而是要让低收入者增加收入，其中关键是机会平等，让低收入者有发财的机会。

第四是要建立充分就业保障体系。充分就业是民生之本，中国最难解决的就是就业，我们一年至少增长 1000 万就业人口，相当于欧洲一个国家。改革开放 30 年不仅经济增长，还要看到，增加了几亿人口，我们都能保证他们温饱，这是了不得的。

第五个是统筹城镇住房建设，实现人人有房住，但不等于人人住产权房。有人大学一毕业就想买产权房是不现实的，要多建设廉租房，保证低收入者的住房问题。

第六个方面就是人人享有基本的卫生医疗服务。

第七个是切实改善城镇居民生活环境。保证水、空气的清洁，食品的安全。

不宜笼统讲“既得利益者”的概念

新京报：谁是解放思想最大的阻力？《南方周末》曾刊登评论认为“现在不少领导干部把保住既得利益看作自己的主要使命，甚至是惟一使命，只要有利于自己利益的，思想要多解放就多解放；只要不利于自己利益的，思想要多保守就多保守……思想解放的最大阻力显然只会来自既得利益者而不是人民群众。”

周瑞金：不能笼统讲既得利益者，这个概念比较模糊，容易引起误会。扩大来讲，很多人都是既得利益者，我们每个人都是改革的既得利益者。现在的问题在于权力部门化、部门利益化，各个部门争取自己的

利益。这是改革的阻力。

新京报：这一轮思想解放有没有成功，判断标准是什么？中央编译局副局长俞可平提到，思想解放有没有成果，要看有没有体制机制上的突破。你怎么看？

周瑞金：这一轮思想解放，如果更多从意识形态转向了利益格局的调整，如果从“还利于民”真正转向“还权于民”，从思想层面真正转向制度创新，符合这三个标准，那就是解放思想取得了成功。

■ 链接

过去五年，我们在丰富实践中积累了许多宝贵经验，主要体会是：第一，必须坚持解放思想。解放思想、实事求是是我们党的思想路线。只有坚持一切从实际出发，破除迷信，敢于冲破不合时宜的观念束缚，尊重群众首创精神，大胆探索、实践和创造，与时俱进，才能使社会主义现代化事业充满生机和活力。

——摘自 2008 年政府工作报告

政治体制改革是社会主义政治制度自我完善和发展，必须深化政治体制改革。改革开放以来，我们适应我国经济基础发生的深刻变化和人民民主意识的不断增强，积极稳妥推进政治体制改革，取得了显著成效。同时，同我国经济社会发展的新形势相比，同保障人民民主权利、维护社会公平正义的新要求相比，我国政治体制还有一些不适应的地方，需要进一步加以完善。

——摘自中共十七届二中全会公报

改革开放作为一场新的伟大革命，不可能一帆风顺，也不可能一蹴而就。最根本的是，改革开放符合党心民心、顺应时代潮流，方向和道路是完全正确的，成效和功绩不容否定，停顿和倒退没有出路。

解放思想是发展中国特色社会主义的一大法宝，改革开放是发展中国特色社会主义的强大动力，科学发展、社会和谐是发展中国特色社会主义的基本要求，全面建设小康社会是党和国家到 2020 年的奋斗目标，是全国各族人民的根本利益所在。

——摘自中共十七大报告

（2008 年 3 月 17 日刊发，记者：王爱军　赵继成）

中国改革再次走到一个十字路口

马立诚

人民日报评论部主任编辑，政论家。

（图：杨奉焓）

转型期是新观念的爆发期

新京报：10年前，你与凌志军合作撰写的《交锋》引发了巨大反响。改革开放30年，有多种回顾和解读的视角，你能否从30年观念变迁的角度谈一谈？

马立诚：观念变革这个话题很有意思，观念变革就是心灵变化史。一位朋友说："解放思想，黄金万两；观念更新，万两黄金。"我很赞成这句话。但现在情况有些变化，人们专注挣钱，每个人都感到背后有一根皮鞭抽打着、催促着，无暇他顾。社会上对观念变革不那么关注了。80年代的女青年仰慕那些有创见的男青年，现在很多女青年的眼光锁定在"有车有房"。其实，这也是观念变革的结果。

我个人很注重观念变革。原因在于，人的行动都是在观念和思想的引导下展开的。进步的观念是人类之光，照亮我们周围的昏暗，给我们开启一个新的航线。有时候，一个变革的观念，能够使改革开放很快迈上一个新台阶；一个陈旧的观念，则使改革开放之路横亘座座高山。

举个例子。改革开放之初，美国可口可乐公司想在上海开设新的工厂，因为上个世纪40年代可口可乐在上海有过工厂。这种事要放在今天，哪个地方不欢迎？可口可乐又不污染环境。可那时候不行，上海强烈抵制。上海有些单位和个人在报刊上公开发表文章，指责中国粮油进出口公司引进可口可乐是"打击民族工业"。上海财政局的一个干部还给中央领导写信。可口可乐不得不改变主意，在北京设厂。

为什么会发生这种事情？就是因为当初人们观念陈旧，认为多一分外资就是多一分资本主义嘛！

现在不会有这样的事情发生了。说明什么？人们的观念转换了，陈旧的观念被抛弃了。由此可见观念的重大作用。改革开放30年是中国的转型期。转型期一大特点，就是观念变革很快，是新观念的爆发期。

新京报：从历史上看，每一次社会转型都伴随着新观念的诞生。

马立诚：对。从人类思想史来看，观念具有极其重大的作用。比如欧洲文艺复兴时期提出的人文主义，欧洲宗教改革时期提出的"圣经高于教皇"，欧洲启蒙时期提出的"天赋人权"、"人民主权说"等等。这些观念颠覆了中世纪教会对人们心灵的奴役，颠覆了欧洲皇权的"朕即天下"的传统观念，导致了资产阶级革命，促进了现代国家诞生。可以说欧洲实现现代化跟这些观念的引导有密切的关系。

在中国历史上，一百多年前西方势力进入以后，传统社会发生裂变，中国开始进入现代化转型期。那时候国人提出了一系列新观念，比如"开眼看世界”、“师夷之长技以治夷”、“物竞天择”、“中体西用”、“变法自强”、君主立宪和“大同世界”等等。这些观念，曾经引导国人一步一步适应形势的发展，同时也唤醒了我们对自己民族的反思，起的作用很大。

从“以阶级斗争为纲”走向“以经济建设为中心”

新京报：就改革开放30年来说，发生了哪些观念变革？

马立诚：要想说明这个问题，需要一个对比，把改革开放之前的一些观念和改革开放之后的观念做一个对比。从这个对比中，可以看出中国社会的巨变。

改革开放之前的一些重要观念，像“以阶级斗争为纲”、“阶级斗争要年年讲、月月讲、天天讲”、“阶级斗争一抓就灵”、“三忠于、四无限”、“一句顶一万句”、“一大二公”、计划经济、“跑步进入共产主义”、“兴无灭资”、“斗私批修”、“彻底决裂”、“割资本主义尾巴”、“与天斗、与地斗、与人斗，其乐无穷”、“宁要社会主义的苗，不要资本主义的草”。

还有“文化大革命就是好”、“走资派还在走”、“黑线专政”、“臭老九”，以及江青在文艺创作方面提出的“三突出”（在所有的人物当中突出正面人物、在正面人物中突出英雄人物、在英雄人物中突出主要英雄人物。样板戏就是在这个原则指导下产生的）等。

这是改革开放以前的观念谱系，有总观念，有子观念。那个时候的主导性观念就是“以阶级斗争为纲”。这些观念群的提出与普及，扭曲了中国人的生活，造成了无以数计的悲剧。凡是从那个时代过来的人，提起这些观念，都耳熟能详，而且脑海里马上就会浮现出一幕幕历史画面和家庭遭遇，有些人直到今天还会心有余悸。

改革开放以来，中国社会的观念群完全更新了。最重要的一个观念变革，就是1978年底十一届三中全会抛弃了“以阶级斗争为纲”，确立了“以经济建设为中心”。这标志着中国从此进入现代化建设的转型期。这个总枢纽解决之后，观念更新如同井喷式地爆发出来。

对比观念变化，两个时代判然分明

新京报：中国进入现代化建设的转型期之后，发生了哪些观念变革？

马立诚：从政治方面来看，改革开放初期，最振奋人心的观念就是邓小平同志提出的解放思想、打破僵化。这是那个时期主要的观念。这个观念鼓舞了广大干部和民众打破“两个凡是”的精神枷锁。紧接着，又提出了民主法治和“社会主义初级阶段”的观念。“初级阶段”的提

出，解决了一部分人“跑步进入共产主义”的乌托邦冲动。既然我们还处于初级阶段，就应当允许个体私营经济存在。到上个世纪 90 年代中期，提出了依法治国，这个重大的观念变革，针对的就是过去的人治弊端。进入新世纪，提出了三个代表。2003 年提出科学发展观、以人为本、和谐社会等重要观念。这些观念对于我们的现代化建设起着重要的指导作用。

经济方面。1984 年把“商品经济”写入党的重要文件，这是一次观念变革。当然，更重要的是 1992 年提出的社会主义市场经济，这是前无古人的重大创新。在马克思主义经典作家的著作中找不到这样的提法，在西方经济学家的著作中也没有。像哈耶克这样的大家，对这个问题的理解也是很僵化的，一提市场经济就是资本主义，一提社会主义就是计划经济。邓小平把这两者打通，这是中国人的伟大创造。

经济观念的变革还有很多，像“贫穷不是社会主义”、“摸着石头过河”、白猫黑猫论、“发展是硬道理”、“三个有利于”、个体户、家庭承包、温州模式、“让一部分人先富起来”、“一包就灵”、双轨制、“时间就是金钱、效率就是生命”，还有走穴、下海、万元户，以及引起很大争议的“遇到红灯绕着走”等等，这些都是经济观念的变化。近些年来，人均 GDP、绿色 GDP、全面小康、流转、宏观调控、拉动内需等等，也是家喻户晓。

对外开放方面的观念变革。“与国际惯例接轨”，在上个世纪 80 年代唱得很响。还有“打开国门”、“两头在外大进大出”等等，都是指融入国际市场，打破封闭观念。从上个世纪 90 年代起，经济“全球化”在中国越叫越响，逐渐成为人们的思维方式、企业的经营方式和民众的生活方式。这也是一个重大的观念变革。

再看文化生活和社会生活的观念变革。“伤痕文学”打破了过去的“革命现实主义和革命浪漫主义”的观念。朦胧诗的诞生催生了现代主义诗歌运动。在美术界，从 1979 年星星美展开始，现代主义逐渐蔚为大观。音乐领域的观念变革一开始就引起巨大争议。邓丽君唱的歌曲，用“柔、慢、低、软”取代了“文革”时期的“高、快、响、硬”。电影界的“第五代”，成了新观念的代名词。他们拍摄的《黄土地》、《一个和八个》、《黑炮事件》、《红高粱》、《盗马贼》等电影，无论在题材选择还是拍摄手法方面，都开启了中国电影新时代。

近些年流行的“小资”，早年曾是批判对象。随着民间财富增加，白领队伍壮大，社会思潮变迁，小资成了有一定财富基础和生活品位的代名词。“80后”、“90后”则是标明代际差异的新观念。至于较具学术性的后现代、软实力、女权主义、生态文明、新儒家等等，也渐渐走入大众。

近年来，维权、电子民主、民告官、还权于民、阳光政府等等新观念，彰显了公民社会的成长和公民意识的崛起，一个现代中国的轮廓透过这些观念呈现在世人面前。

这就是改革开放以来新观念的谱系。对比改革开放前后观念的变化，时代特色判然分明。今天，我们对社会的理解和认知，我们行动的源头，都跟这些新的观念密切相关。

中国的改革需要新的观念突破

新京报：你刚才提到现在人们注重利益，不太注重观念了，是因为观念本身不重要了，还是有其他原因？

马立诚：我觉得造成当前这种情况的原因很复杂。人们说上个世纪80年代是一个理想主义年代，是一个观念博弈的年代。有人甚至说那时候是“文章救国”，官员升降、形势变化，很多事情都跟文章辩论有关。到今天，不少人觉得文章的重要性下降了，观念的重要性下降了。

第一，上个世纪80年代末，民众从狂热的氛围中脱离出来，变得现实了。不少人觉得，只有多挣钱过上好日子才最实际。经济发展的冲动成为激情来源。当时的口号是：“要发财，忙起来”。追求财富成了全民目标。这是观念变化的主要原因。

第二，有些观念成了表面文章，与现实生活当中人们的感触差距较大，比如一些官员的做法背离了“人民公仆”形象，这就导致一些传统的观念丧失了吸引力。

第三，改革开放以来，有些地方为了规避风险，只做不说。有趣的是，“只做不说”也成了人人意会不可言传的一种观念。这个观念表达了一种策略和智慧，但是在一定程度上妨碍了观念创新。

第四，中国逐渐进入商业社会，生活水准提高反而造成了更大压力。比如过去孩子有学上就可以了，现在不行，要上最好的学校，要找最好的老师，课余还要学音乐、学英文，要买高质量的提琴，要请有名气的辅导老师等等。另外人们对住房、交通、饮食、衣着、旅游都提出了更高的要求。这种压力以几何级的方式增长，迫使人们把精力都放在赚钱上。这就像身后有一条鞭子抽着赶着，总停不下来。

新京报：那观念的创新还重要吗，或者说，下一步的改革仍需要以观念创新拉动吗？

马立诚：只要社会在发展，创造新观念的过程就不会停止。新观念的诞生有峰有谷，但是生活的实践是在不断地呼唤新观念。现在很多人对一些社会问题感到困惑，找不到答案，有牢骚，需要破解。除利益调整之外，也需要观念创新方面的努力。

我在某市演讲结束之后，一个打工的人问我："马老师，你知道我们这里贫富差距有多大吗？我们在这里三辈子也买不起房子，有病不敢看。所以我们怀念过去的时代。"一位老者站起来驳斥他，"你这是倒退"。

你看，他们两个人针锋相对，谁也说不服谁。现在不少问题都是这样，争论得很激烈。今天，中国的改革再次来到一个十字路口，需要新的观念突破。

只有通过改革，积土成山，才是正途

新京报：在这个十字路口，我们面临哪些问题？

马立诚：比如财富分配不公，腐败现象，环境污染，弱势者表达诉求的渠道不畅，假借改革营私等等。

不同利益集团的人对改革抱有不同态度，彼此的差异非常之大。这也反映了观念的差异。有的朋友说，改革开放过程中观念的争论，有时候比戈壁滩上被大风卷起的狂漫碰撞的石子还要尖锐。

比如，网上有一篇传播得很广的文章，说我们是高污染、高消耗和低工资、低保障。另外有人说，最近 10 年来，城市居民和农民可支配收入平均起来年均增长 8% 左右，GDP 年均增长大于 10%，政府财政收入年均增长 30%。政府财政收入至少三倍于民众所得，国民没有合理地享受到改革开放的成果。

还有人说，瑞典、挪威以前是穷国，但是在二战以后经过 30 多年增长，就成为发达国家了。在这 30 多年中，有滚动工资协议，使国民所得与经济增长保持同样的比率。俄罗斯的国民收入在最近七八年中增长 6 倍。日本大企业高管和员工的工资差距是 15 倍左右，我们这里有的高达数百倍。这都是我们面临的问题。

以上所说的是一些令许多人感到困惑的问题。中国的改革与发展面临着新的形势、新的困境。特别是最近国际金融海啸给世界经济带来巨大的负面作用，我们也受到很大压力。

我个人认为，解决这些难题，必须坚持改革。只有通过改革，包括政治改革，一步步往前走，最终积土成山，才是正途。

思想解放有着实实在在的内容

新京报：中央和地方都提出要进一步推动思想解放，但有人质疑，当下人们关心的是利益诉求，提出思想解放意义在哪里？思想解放能作为改革的突破口吗？

马立诚：前广东省委书记汪洋提出的解放思想有具体步骤。一个是广东省珠江三角洲的产业升级换代。第二个是改善广东发展布局，从珠江三角洲向东、北、西三面扩展。第三个是推动政治体制改革，比如深圳就发布了包含政治体制改革内容的改革纲要。

当然现在广东受国际经济衰退的影响比较大，需要综合各方面情况来考虑改革，但汪洋提出的新的观念是很鼓舞人的，这一点必须肯定。前湖南省委书记张春贤提出“还权于民”，是对汪洋推动的思想解放的补充。这些都是新的观念，并不是空的，而是有着实实在在丰富的内容。

其实关心利益诉求没有错，但是公平地解决利益诉求问题，也是与观念更新紧密联系着的。比如国务院颁布“非公经济36条”，要求鼓励扶持引导非国有经济，降低民营经济进入市场的门槛，为民营企业提供便利。这个提法遭到民营企业质疑。民营企业家说，如果七大行业都是国有绝对控股的话，好的政策不就变成“玻璃门”了吗？

怎么解决这个问题呢？那就要强调还权于民的观念。再比如政府机构公共费用开支过大的根源之一是财政状况不透明，预算缺乏监督，预算外资金更是暗箱操作居多。这就需要大力普及和落实阳光政府的观念，以新的观念作为引领，推进公共财政建设，破解弊端。

就目前突破经济困境而言，怎样拉动民间投资是一个大问题。温州民间资金6000亿，小企业从银行又拿不到钱，自然搞民间借贷。长期以来对民间借贷都是打压，最近有了一点松动，说是要批准成立民间借贷公司。可是发的牌照太少，远远不能满足需要。怎么办？就要进一步破除所有制歧视，从观念上先行突破。比如，什么是“扰乱金融秩序”？金融秩序最根本的一条是借钱还钱。这一点，浙江有不少民间借贷做得不错，坏账率很低，甚至比一些国有银行还要低。为什么不能进一步放开民间金融？在当前形势下，进一步放开民间金融，是解决小企业危机的可行之策。

还有人说，没有实践的突破哪来新观念呢？实际上，既有实践走在前面的例子，也有观念走在前面的例子。今天的中国为了突破改革的瓶颈，既需要新的实践，也需要新的观念。

社会保障前进的步伐要加快

新京报：有些赞成改革的人，反对回到计划经济时代，但因为看到腐败和贫富差距，也开始对改革抱怀疑态度。这部分人可能是城市中产阶层，也可能是普通农民。怎么凝聚他们的改革共识？

马立诚：要有几个重大措施。一个是关注民生、倾斜民生，在解决民生问题上迈出大步。比如 2012 年中央出台的 4 万亿投资投向民生的份额就很大。

我在《人民日报》工作时，1993 年就起草过建立社会保障制度的社论。21 年过去了,社会保障前进的步伐太慢了。没有完善的社会保障，老百姓的钱就不敢拿出来消费，拉动不了内需。

还有工资收入偏低。我们有一个问题，民众劳动工资的收入偏低，一些类别的资本投资回报率偏高。台湾地区在发展过程中曾经注意到这个问题。他们的办法是适当降低投资回报率，提高劳动工资的收入，这样有利于解决贫富差距问题。现在有一个新观念叫共享，共享改革开放成果，必须这样做。

今后的改革，仍然要尊重民众的首创精神

新京报：您觉得改革的动力来自哪里？政府以及不少学者提出了改革路线图，比如 2049 年建立福利国家等等。但老百姓也可能通过自己的方式寻求改革，比如出租车司机通过停运改变出租车管理体制。怎么实现各个层面的力量良性互动，形成改革合力，而不会拉扯冲突？

马立诚：改革 30 年来的历史表明，民众是推动改革的主体力量，也是观念变革的主体力量。

1976 年的四五运动，是民众反对“四人帮”、悼念周恩来的运动。从更深层次来看，则是表达了对“文化大革命”的不满，对贫穷的不满，实质上是要求结束“以阶级斗争为纲”。这个运动为改革开放的新方针做了铺垫和民意准备。所以说，人民群众是推动历史转折的根本动力。

1978 年 5 月发表的《实践是检验真理的唯一标准》一文，也不是胡耀邦布置的题目，邓小平事前也不知道。文章是经过中央党校、南京大学、《光明日报》的干部和知识分子共同努力出台的，所以这篇文章也是来自“下面的力量”为纠正“两个凡是”做的努力。

1978 年，安徽小岗村 18 户农民的家庭承包改革，冒着“坐牢杀头”的风险。这悲壮的一幕，形象地说明不改革就是死路一条。恩格斯曾经说，人们自己创造自己的历史。“大包干”的出现和发展正是如此。

1987年，邓小平会见外宾时说，农村改革中，我们完全没有预料到的最大的收获，就是乡镇企业发展起来了。突然冒出搞多种行业，搞商品经济，搞各种小型企业，异军突起。

农民工的出现，是实现城市化的又一个创举。

四川张锦明推动了选乡长，是属于上面的还属于下面的？对步云乡民众来说，她是“上面”，但从中央角度来看，又是“下面”。以她当时的级别而言，仍然属于来自下面的推动。变革的大部分突破来自民间。

新京报：改革能够成功，决策者的支持至关重要，还有很多改革是上面直接主导推动的。

马立诚：当然，有很多改革是上面直接推动的，比如恢复高考、浦东开发、加入WTO等等。

从改革呈现的形势来看，是上下互动，动力来自两方面，更多的动力来自人民。

今后推进改革开放，仍然要尊重民众的首创精神，坚持人民主体地位，这是以人为本的内涵之一。重庆市提出允许出租车司机成立协会，解决出租车行业的难题，就是一个很好的做法。我曾经根据香港的经验提出过一个管理小贩的建议。比如一条街上根据地形设多少小贩摊位，有关方面与小贩沟通确定，然后要求小贩协会依此管理。小贩协会为了自身利益，自然会自律监督，不让其他人乱摆摊。这样就能大大降低执法成本，减少恶性冲突。当然这只是一个参考，主旨在于尊重、照顾民众的权益。有了这一条，再加上真正做到向民生倾斜，就能在改革中形成良性互动，拧成一股劲。

期盼政治体制改革迈开更大步子

新京报：下一次观念变革的主题会是什么？

马立诚：我最近走了很多地方，看到社会各界呼吁加快改革，尤其是政治体制改革。

新京报：中央曾多次明确表示要推动政治体制改革，在十七大报告中，明确提出要“深化政治体制改革”，“扩大社会主义民主，建设社会主义法治国家，发展社会主义政治文明”。

马立诚：行政体制改革是衔接政治体制改革和经济体制改革的中间段。行政体制改革进行多次，但政府掌握和支配的资源十分强势，远远没有转化为服务型政府。近些年来，根据审计部门的审计，从中央部门到地方政府都出现了资金违法违纪问题，表明行政体制改革还没有到位。

沈阳一位律师根据《政府信息公开条例》，要求市政府60个部门公开招待费使用情况。市政府承认，这位律师的申请符合《条例》规定，但又表示，政府部门的财务信息“极其敏感，公开难度极大，结果可能不会太乐观”。辽宁大学哲学与公共管理学院的一位教授呼吁说：“财务不透明，使暗箱操作有机可乘。公开这类信息对提高公民参与能力、促进廉政建设、提高资金使用效率、密切政府与群众的关系有重要作用。”花纳税人的钱，纳税人问问怎么花的，为什么不能说？这样一件事做不到，显然违背“建设服务型政府”。

从这个例子来看，行政体制改革要想到位，必须进行政治体制改革，下一个改革的突破口就在这里。可喜的是，贵州、江苏在公选干部上有了突破。这些尝试非常好，社会各界期盼政治体制改革迈开更大的步子，包括加强新闻监督、扩大直选、实施公共财政等等。

（2008年12月6日刊发，记者：赵继成　王石川）

环境拐点是2015年

潘岳

环境保护部副部长。

（图：薛珺）

■ 背景 ■

和几个朋友小聚，一人不经意说："你们（指新京报）怎么老是报道环保？"这句话让我深思良久。以单纯"新闻"的眼光，对环保的报道量加大，似乎正在呈现一种"视觉疲劳"。可是，放在中国环境形势依然严峻的大背景下，对环保的长期关注将成为媒体的必然。"圆明园事件"①发生之后，时任国家环保总局副局长潘岳曾接受新京报记者专访，谈中国的环保问题：中国的环保发生了什么变化？有什么新的问题出现？该采取怎样的对策？

应赋予环评报告更大的强制力

新京报：环保总局在对总投资超万亿元的 7555 个化工石化建设项目的调查中，发现 81% 布设在江河水域、人口密集区等环境敏感区域。你怎么看这个结果？这些企业做过环境影响评价吗？

潘　岳：第一，说明化工石化行业存在着严重的布局性环境风险。松花江事件②之后，平均每两天出一起水污染事件，基本都是化工石化行业造成的。不从产业布局解决问题，就不可能遏制这一势头。

第二，这个结果体现了环境影响评价工作的一个悖论。报上来的项目，单个来看环保标准都合格，有的甚至达到了先进水平。但是，从区域环境容量上看，即从整个区域规划上看，这么多项目挤在一起又是不合理的。这就变成了"先进环保项目"引发"重大环境事故"的荒谬结果。

新京报：环保部门无权制止吗？

潘　岳：目前的情况是，地方政府批规划，中央部门批项目，体制上的宏观微观倒挂，导致了这种现象。我们的权限只能对单个项目进行环评，对整个大规划就没有这个权力了。如果不立即修改《环评法》，不立即实施规划环评，从整体上预防环境风险就很难实现，新的环境风险仍然会继续存在，突发性环境事故仍会继续发生，公众的环境安全仍得不到保障。

新京报：你一直就呼吁搞规划环评，现在进展怎样？

潘　岳：《环评法》中虽然提出了"规划环评"的原则，但没有具体可操作的措施。规划环评的责任主体都是行政机关，但由于认识和体制等方面的原因，推行规划环评还存在较大阻力。因此必须修改《环评

① 指圆明园在湖底铺防水膜防渗漏被环保当局叫停事件。

② 指中国石油吉林石化公司爆炸事故影响松花江发生重大水污染的事件。

法》。

我们已上报国务院法制办，组织起草《规划环境影响评价条例》，以期切实加强对规划编制过程和审批过程的法律约束，强化规划环境影响评价的审查环节，同时进一步明确审查主体。《环评法》虽是新法，按理说不应那么快就修订，但因为这部法进行了深入实践，只有在实践中才能看出弊病与缺憾，才会想法子去修改完善。这是一件好事。

新京报：内蒙古通过了中国第一个规划环评，我们注意到，这个环评报告“建议”对内蒙古的煤炭产能、发电装机容量等进行较大幅度的缩减，这意味着内蒙古在未来一段时期内的GDP将有较大的降低。而这不是所有的地方政府都愿意做的。那么，你们在制定这个报告过程中，遇到什么阻力了吗？

潘　岳：内蒙古是我国北方重要的能源基地，自治区党委、政府都很重视和支持我们试行规划环评，并与环保总局密切配合，合力推动省域发展规划的环境评价，进展顺利。这个报告，对全国各省都有示范意义。

新京报：还有别的省市准备做规划环评吗？

潘　岳：现在许多省市都来要内蒙古的这份报告，规划环评的试点省市还有十几个。

新京报：这个环评报告是以“建议”形式出现的，如果对方后来不执行怎么办？你认为法律要不要赋予环评报告强制力？

潘　岳：这涉及规划环评的法律地位问题，《环评法》对此只有原则规定。我当然认为在法律上应该赋予更大的强制力。我们正在努力。

青藏铁路的环保工作并未结束

新京报：青藏铁路通车了。作为一个世界罕见的工程，又在生态薄弱的地区施工，你认为这条铁路在环保上有哪些创新意义？

潘　岳：可以说，新中国成立以来我国的重大工程项目中，青藏铁路工程对环保是最重视的。它的环保示范意义非常大。比如，它在我国铁路建设史上第一个在建设施工期开展了工程环境监理试点，并建立了工程环境监理制度。青海、西藏两省区环保局与青藏铁路建设者签订了《环境保护责任书》，切实加强了施工期的环境监管。

比如在错那湖沿线铁路施工前，先在湖边做好防护挡墙，然后在挡墙内施工，防止了弃土、弃渣、施工废水进入湖泊。还如，各施工单位对生活垃圾和施工废弃物集中收集、统一处理，主体工程完工后及时对施工场地进行景观恢复工作。

新京报：能不能说，到目前为止，青藏铁路的环保已经圆满完成？

潘　岳：当然不能这样说。第一，我们对大自然的了解远远没有到极限，青藏铁路将来面临什么样的生态问题，我们还要冷静观察；第二，我们科学技术的创新也远远没到极限，很多新的绿色技术都有待发展。现在只能说，青藏铁路在建设期的环保工作基本结束，接下来的工作是全面开展竣工环境保护验收。

新京报：火车开通，进藏人员将会大大增加，也会给环保带来挑战，你们将怎么做？

潘　岳：青藏铁路通车后，进藏人员和交通运输量都将明显增加，沿线矿藏资源开发强度也会加大。大量游客到沿线旅游、观光，随之带来沿线餐饮、旅店、汽车修理、加油等服务业的迅速发展，如控制不好，势必给青藏铁路沿线脆弱的生态环境造成破坏。

因此，我们将及早组织编制青藏线旅游开发与环境保护规划，开展青藏线旅游开发规划的规划环评工作，科学、合理、适度地开展旅游开发活动，防止旅游开发活动对青藏高原生态环境造成新的破坏。此外，我们也将开展环境影响后评价准备工作。在青藏铁路正式投入运营几年后，应组织开展环境影响后评价，完善、改进生态保护措施。以上各项，我们早在去年就向所有相关部门、省市提出明确要求与具体建议。

新京报：有人认为，在青藏高原这样的有些“世外桃源”色彩的地方，要保持本来的宁静，少搞建设，还有一种观点认为，不能以“游客审美”的心态，希望那里的人们清贫一生，你怎么看？

潘　岳：这可以从人与自然的关系的历史演变来找答案。人类社会经历了“敬畏自然”、“征服自然”和“和谐自然”三个基本阶段。渔猎文明和农耕文明时期，人类敬畏自然，是因为生产力的低下迫使人们依赖于大自然的恩赐。工业文明时期，贪婪资本与强大科技的结合，使人类将自然界变成服从于人类物欲的对象，人类生活获得极大改善的同时，也造成了一系列环境危机。

现在，人们对人与自然的关系有了新的认识，就是正在确立的“环境友好”理念，它抛弃了古人“敬畏自然”中的神秘性，吸取了人与自然和谐的合理内核；也抛弃了工业文明“征服自然”的人类中心主义的盲目自信，吸取了改造自然的积极因素。

新京报：也就是说，我们不能让高原人民永远生活在贫困状态，因此必须发展经济；但同时，也要最大限度地保护那里的生态？

潘　岳：对。环境友好型社会提倡经济和环境的“双赢”，实现社会经济活动对环境的负荷最小化，将这种负荷和影响控制在资源供给能力和环境自净容量之内，形成良性循环。

新京报：中国已经实现了从“征服自然”到“尊重自然”的转变了吗？

潘　岳：中央提出的科学发展观要求人与自然和谐相处。综观党和国家最近有关重要文件的规定，可以说我们国家在理论上已经开始从“征服自然”向“尊重自然”的转变。

国务院2005年12月发布的《关于全面落实科学发展观加强环境保护的决定》的许多规定，已经明确反映出发展经济必须“尊重自然”的指导思想。例如，该决定要求：各地区要根据资源禀赋、环境容量、生态状况，明确不同区域的功能定位和发展方向。决定还规定，要以促进人与自然和谐为重点，强化生态保护，要重点控制不合理的资源开发活动，优先保护天然植被。关于社会广泛关注的水能开发问题，决定规定：要有序开发水能。

2006年3月全国人大批准的国家“十一五”规划纲要也明确提出，根据不同地区的资源环境承载能力，把国土空间划分为优化开发、重点开发、限制开发和禁止开发四类主体功能区域。根据自然环境因素确定区域功能和发展方向，这是中央提出的重大措施。它体现了“尊重自然”的思想，符合科学发展观。

然而，任何思想理论的落实都必须有实际的制度来支撑，接下来最严峻的任务，就是怎么在制度上实现从“征服自然”到“尊重自然”的转变。

修修补补解决不了环境问题

新京报：请问你写《和谐社会与环境友好型社会》这篇理论文章的初衷是什么？

潘　岳：环境资源问题已经对建设“和谐社会”构成了严重挑战，这已经不是修修补补就能解决的问题了。我们必须对此进行思想上、制度上、政策上的全面思考，提出系统的解决方案。首先在思想文化上，即发展观念上全面更新、深刻反思、迅速扭转；其次应在发展战略的制定上全面引入可持续发展的原则；第三才是在体制政策上进行全面的设计。一句话，解决环境问题的根本，在思想观念。环境问题早已超越了专业层次，变成影响经济、制约社会、涉及政治的大问题。这就是我写这篇文章为什么着重思想文化的原因。

新京报：你说环境资源问题已经对和谐社会构成了严重挑战，主要是指哪些方面？

潘　岳：首先是对经济发展已经造成严重制约。新中国成立以来，我国人口从 6 亿增到 13 亿，可耕种土地因水土流失又少了 1/3，中国人口增加了一倍，生存空间却减少了一半。40% 的城市空气低于国家二级标准，有的省甚至没有一个城市达标。最严重的就是水的问题，20% 的城市饮用水不合格，3 亿农民喝不到干净的水。而这还不是污染的高峰，污染的加速上升还要持续 10 年，预计到 2015 年前后，原材料消费才能达到高峰，随后经济增长才能与原材料消费逐步脱钩，环境拐点才能出现。但如果按照今天的污染水平，那时候的污染总量可能是今天的 3 倍。你们可以算一算那时的情况。

第二，环境问题已经对社会稳定形成严峻挑战。近年来环境污染引发的群体性事件以年均 29% 的速度递增，2005 年，全国发生环境污染纠纷 5 万起。松花江事件后，全国平均每两日发生一起水污染事故。中国已提前进入了环境事故高发期。环境污染极易与社会公平搅在一起，成为诱发群体性事件的导火索。

第三，是越来越重的国际压力。

新京报：我们为什么不能走西方“先污染后治理”的路？

潘　岳：我们没有条件走这样一条理想的路。第一是我们发动工业化的时间太晚了。欧美日在发动工业化时积极进行海外扩张，通过殖民地的原料和市场积累起雄厚的工业资本，就是说，它们起飞的资源环境成本是全世界买的单。我们开始改革开放时，人家已经发展了几百年，早就划定分割完了所有的国际规则与市场，我们的环境成本转移不出去。第二个原因是我们的人口资源环境结构跟欧美差得太多，没有本钱跟人家拼消耗。发达国家在人均 GDP8000 ~ 10000 美元的时候解决了环境问题，我们支持不到那一天，当中国人均 GDP3000 美元时，环境危机可能夹带着其他社会问题提前来到，我们所取得的那点经济成果根本无法抵挡。中国必须不惜代价提前解决中国环境问题。

新京报：你认为我国目前的环境立法和现实的差距大吗？

潘　岳：我国环境立法虽多，但管用的少。突出表现在四个方面：一是部分环境立法（如《环境保护法》）已经过时，需要修改；二是部分基本法律制度（如限期治理）在实际中可操作性差，致使执行效率低；三是对部分常见的环境违法行为（如连续超标排污、偷排污水）缺乏有针对性的处罚规定；四是对严重污染行为的处罚过轻，导致“违法成本低”的不合理现象。

新京报：你觉得要在哪些主要方面进行工作？

潘　岳：一是必须对现行生态环境立法重新整合，突出环保部门的统一监管地位；二是应将“建设环境友好型社会”和“促进可持续发展”的内容纳入宪法总则及环境资源的各项法规之中。例如《环境保护法》就应修订成纲领性的环境友好政策法，并使之成为国家的基本法律。

还有，还要建立一整套生态补偿的法律机制，运用政府和市场两种手段，实现环境公平。例如发达国家实现环境公平的基本途径，就是明确环境产权，使资源被产业化或资本化开发的同时，应对资源地的民众给予一定比例的股权补偿。环境公平是环境友好型社会的社会基础。

新京报：还有一个问题，涉及现行环境管理体制的改革，你有什么具体建议？

潘　岳：目前的环保部门仍然处于“弱势”，与当前中国面临的环境形势不适应。主要表现在：一是目前一些地方政府重GDP增长、轻环境保护，地方保护主义突出，环保部门不能有效参与行政决策，不能独立执法；二是环境保护法制不健全，环境立法和执法手段未能适应形势需要；三是环境管理体制未完全理顺，环境管理效率有待提高；四是环保部门监管能力薄弱，国家环境监测、信息、科技、宣教和综合评估能力不足；五是部分领导干部环境保护意识和公众参与水平有待增强。

要进一步改革现行环境管理体制，就要按照区域生态系统管理方式，逐步理顺部门职责分工，增强环境监管的协调性、整体性，要形成跨部门跨行业的协调机制。例如按照林水草土完整的生态循环系统去将人为分割在各部门的环境管理权能重新统一起来；例如将执行环境法律政策的队伍垂直起来；例如将国民经济绿色核算与环境经济政策的研究体系建立起来等等。

新京报：还要有哪些制度需要建立？

潘　岳：要制定一系列环境友好的政治制度，如领导干部环保政绩考核制度，如官员环境责任追究机制，如环境信息披露制度，如公众参与监督制度。公众参与环保将促进行政体制改革。环保不是政治最敏感的领域，但涉及政治、经济、文化等各个方面，涉及社会的各个阶层，各种利益主体。环保领域内的公众参与，是推进社会主义民主的最佳切入点。

这是个理想，虽未成现实，但决不能变成空想。要做的事太多，必须一件件地做起，关键是今天今时今刻从我们开始做起。

（2006年7月16日刊发，记者：王爱军）

『改革红利』如何释放

华生

著名经济学家。

（图：赵亢）

背景

2013年4月，国务院总理李克强主持召开了新一届政府首次经济形势专家和企业负责人座谈会，他给在场的专家学者布置了一份“作业”：“请专家学者来帮助研究，我们怎么样才能够进一步释放改革的红利？怎样通过推进制度建设来增强中国经济发展后劲？”

释放红利需要“量化指标”

新京报：现在，从政府到学界，都希望“释放改革的红利”，你怎么看？

华　生：“改革是中国最大的红利”，这个说法是对的，反过来也可以推论，如果不改革或者改错了，就没有红利。就像总理所说的，要多研究如何释放改革的红利，所以，现在的问题主要集中在怎么改才能改对，改革的突破口应该放在哪。

新京报：关于怎么改，不少学者提议要有改革的路线图和时间表。

华　生：搞个规划当然也可以也需要，但要防止泛泛地说改革，包罗万象地把问题都罗列出来，现实中可操作性比较差。比如说一些经济学家提出的改革路线图面面俱到，什么都想全面推进，其实当中的每一项都有一堆难题要攻克，如大家似乎都赞成的实现资源价格的市场化，观点容易抛出，行动却难实现，就拿水、电、油、气来说，哪一个能轻易实现市场化？这里有通胀压力的考虑，有社会和老百姓的反感等，什么改革都一带而过，都想做，结果什么也做不了，也就是经济学家说说，政府是无法操作的。

今天的改革，不是说在一张白纸上描绘宏伟蓝图，而是如何收拾好目前的局面，从千头万绪的工作中，寻找出可以做、能够做也应该做的改革作为突破口。

新京报：其实不仅仅是经济学者，也包括政府部门，都在探求如何改革。

华　生：对于政府部门来说，今天想推动任何改革，都是比较困难的，但是不能因此而不去改革，更不能只是“喊嗓子”，而没有“甩膀子”，否则到头来就会发现，真正触动既得利益格局的改革，一个也没有，留下的只是泛泛的提法口号。而没有推动真正意义上的改革，红利必然释放不出来，经济增长也不可能有质量有后劲。

新京报：回到李克强总理布置的“作业”上，你认为如何“进一步释放改革的红利”？

华　生：当务之急，我认为需要把改革具体化，有量化指标。在当前的情况下，如何找到一两个具有抓手意义的问题，或者说是牵一发而动全身的关键性改革，提纲挈领，敢碰真碰既得利益格局，通过推动体制机制的改变，来推动经济的升级。

比如现在大家都说，政府能不管的都不管，能交给市场的都交给市场，这固然很好，但是，如何量化，需要落实。比如说哪些领域可以交给市场，哪些类型可以交给市场，多大的投资规模可以交给市场，如果没有一一明确的量化，改革就会被化解为无形。

新京报：也有人认为要尽可能向市场放权。

华　生：同时也要明白，即使全部都交给市场了，经济也不一定升级，不一定增长，为什么呢？美国和欧洲都是自由市场经济，可是经济该不增长还不增长，每年的增长率1%、2%也就不错了。也就是说，市场化本身还不能自动解决像中国这样的发展中大国的经济增长和经济升级的问题。

因此，我们必须找到和中国历史发展阶段相关联的，能够真正推动经济升级的体制机制改革，集中力量去突破。

经济升级的两个“主方向”

新京报：根据你的思考，最优先的改革突破口是什么？

华　生：我认为应该从两个方向上突破，都与经济升级有关，经济升级就是要调整结构与产能，让企业能够通过并购重组来优化资源配置，这一点政府是没法做的，不可能去指挥企业怎么干，人为的行政干预往往适得其反。

新京报：那第一个方向上政府该怎么做？

华　生：政府可以做两件事。一是在关键的资源性产品的价格上，要迈出实质改革的步子来。典型的像电价，现在要淘汰落后产能，淘汰高耗能生产，而电价很低，又是行政僵硬的办法管控，当然就很难淘汰。地方想上马这些产业，发改委能管得过来吗？因此，必须启用价格杠杆。只有用价格杠杆，才能有效指挥大家的行为。围绕市场的价格信号，产业机构自然就能得到调整。

所以，政府去抓项目，管谁能干什么不能干什么，那就叫管了不该管的事。让市场经济最核心的价格信号起作用，对政府必须管的部分，也建立起价格调整的动态机制，这就叫管了该管的和放手让市场起作用。

我们过去这些年最大的失败就是空话太多，政策总是不和利益机制，不和真正的利益制度变革挂钩。这样就难免出现“政令不出中南海”的情况。直面改革，必须回到最本源的问题上来。关键是要改变体制机制，改变利益驱动的链条，这样各级政府的行为模式才会真正改变。

新京报：第二件事是什么？

华　生：第二件事，就是推动股权多元化，利用资本市场推进并购重组。中国现在的情况是一股独大，绝对控股，根本无法推动兼并。比如说那么多地方钢厂，都是可以互相兼并的，但是由于有地方利益，加上大股东控股比例都很高，也没有整体上市，也就购并不了。

因而，需要通过资本市场推动股权的多样化，来推动并购重组的发展，优化产业结构。

新京报：这个问题上，国外的经验是什么？

华　生：就是要让资本市场发挥作用，而不是用行政手段去安排。我们经常可以看到，美国出现的市场购并，一宗动辄数百亿美元，那才是产业并购。而我们中国的所谓并购，基本都是借壳，根本没有产业重组。所以，美国经常是一家银行吞并另一家银行，或者是行业的老大、老二吞并了老三，而我们的资本市场方向走偏，死气沉沉，没有实现资本市场在产业升级、优化重组中的功能。

可见，产品市场也好，要素市场也好，如果没有竞争性的市场结构，不能释放正确的价格信号，就没法通过市场化的优胜劣汰和并购重组不断优化产业结构，那么想经济升级，就会非常困难。

新京报：做这两件事的条件成熟吗？

华　生：第一件事情现在有条件，第二件事情完全可以做，属于我说的可以做、能够做也应该做的事情。如果目前的通货膨胀率很高，压力很大，那么第一件事情就没法做了，资源价格新机制的建立难以起步。而根据现在的条件，是可以抓住机会启动的。否则越拖越没时机越被动。

第一个方向，通过价格机制和股权并购来调整产业结构，实现优化升级；第二个方向，就是靠新型城镇化改革和建设，提供长期发展动力。

新型城镇化的三个“突破口”

新京报：现在普遍认为新型城镇化能提供经济发展的长期动力，你怎么看？

华　生：这是我10多年来的一贯主张。现在新一届政府也认识到这个问题，指出未来二三十年中国最大的内需就是新型城镇化。

但是现在的问题是，搞新型城镇化是因为旧的传统的城镇化弊病越来越大，所以要搞新的以人为核心的城镇化，这样就必须改变原有的体制机制，否则喊的是新口号，做的还是老事情。当然就不可能有新型城镇化，所谓最大的内需也就会落空。

新京报：那怎么办？

华　生：这里真正的改革就派上用场了。没有改变利益传导机制的改革，那就只能是你说归说，各地该怎么干还怎么干。

新京报：那怎么改变体制机制？

华　生：我认为与新型城镇化有关联的制度，主要有三个：土地制度，户籍制度，财政税收制度。如果这三大基本制度不改变，那么就无法推动新型城镇化，改革红利也就无法释放，也就无法推动经济发展。我现在正在着手写作的一本书，就是专门谈土地、户籍和相关财税制度改革总体规划设计的。这三个制度是相互关联的，如土地和财政。

土地制度：尽快走出"恶性循环"

新京报：这个土地财政也是最敏感最难办的地方。

华　生：土地财政，其实是卖地财政。虽然从历史上看，发挥了一些积极的作用，然而这也是导致传统城镇化的主要原因。我 12 年前曾写过一篇文章，重点论述了只有人口城镇化才能为实现现代化提供源源不断的强大内需和合格人力资源供给。但是，直到现在，仍然是只实现了"土地的城镇化"，而没有实现"人口的城镇化"。

地方政府过于依赖土地收入，也就过多依赖于高房价，房价一跌，甚至房价只是预期不好，土地立即贬值。过去调控政策紧的时候，地方上的土地就出现流拍了。土地一流拍，政府的债就还不上了。因此，地方政府不得不维持高房价，对房地产调控根本没有积极性。而高房价连城市人都很难买得起房子，更别提农民工和外来移居就业人口，这样怎么实现人口的城镇化？

而且，地方政府靠拍卖土地来发展，自己也背上了越来越重的债务负担，靠土地抵押来融资，这样，银行也被土地给拴住了。地价跌下来，银行的坏账就来了。因此高房价、高债务形成了一个恶性循环。金融和债务的风险都拴在土地上，是一个非常危险的信号，因为世界范围内较大的经济泡沫的破裂，往往都是因为与地产关联的金融债务危机的爆发。解决土地财政问题，也是在防范和消除潜在风险的积聚。显然，不触动不改变卖地财政的体制，新型城镇化就不可能起步。

户籍制度：土地分配和人口入籍结合

新京报：就算动了土地财政的奶酪，那又如何让城镇有动力接纳外来人口？

华　生：这就涉及户籍制度的改革。为什么会出现人口城镇化和土地城镇化脱节，就是因为政府只管土地指标，不管人口指标。就是因为卖地财政只要土地，不要人口，要土地是可以挣钱的，而接纳人口是要花钱的。如果把每年的土地分配指标和人口户籍化的指标相结合，就比什么都管用。就是说，如果地方政府要土地指标，必须安排一定数量的人口入籍，否则人口不增加你要建设用地干吗？比如一亩地必须安排十个、八个人，这样地方政府再要地就得先考虑安排人入籍的负担，土地和人口之间有了内在平衡机制，这样才能把地方政府的行为给调整过来。

新京报：现在有一种声音认为，大城市要守住，中小城镇的户籍制度可以先放开。

华　生：这个话也是拍脑袋说的。珠三角也好，长三角也好，别说市，就是一些发达镇子里面的外来人口就有几万、几十万，谁放开了？谁给钱去放开？可见解决不了实际问题，光喊口号不行。有些沿海大城市搞农民工入户籍的积分制，一年可以有几百人入籍，可是却有几百万人在等着，难道推行人口城镇化要一万年？

所以，改革要有一个数量化的规划，比如说现在农民工有2亿多，中小城市流动的还有7000多万，这2亿多还是保守数字，因为还有几千万、几亿的留守儿童、留守妇女和留守老人，如果说城市能安置，很多人都要来的。算一算，按照过去的这些年的速度，即使再慢一点，中国再过20年，城镇化率也要到75%左右。这样至少有6亿人这20年要安排，每年至少要安排近3000万人，这才叫甩开膀子真干人口城镇化。

新京报：我注意到，你的观点是要直接触动户籍制度。

华　生：户籍制度改革，改还是不改？主要有两种观点，一种认为可以剥离附着在户籍上的各种福利。一种是认为要直接改革户籍制度，我认为没有争论的必要，可以双轨同时推进。我们不能用公共服务的均等化改革去否定户籍改革的必要性。

因为户籍制度是所有福利歧视制度的根源，二者是皮和毛的关系，皮之不存，毛将焉附？没有户籍制度你怎么去搞待遇歧视啊？

何况还要看到，现在很多城市不是在剥离附着在户籍上的各种福利，而是通过各种形式的限购来提高户籍的含金量，试想各种不均等的福利一边剥离一边增加，哪能改好？而且这样只会提高户籍制度改革的难度，

为推进新型城镇化设置人为的门槛。

新京报：不少人会认为如果取消户籍，会导致社会管理陷入混乱？

华　生：当然，没有人说，全国特别是大城市的户籍制度可以一天取消，从来没有人有这样的意见，但必须起步，就像我们刚刚算的那笔账，现在不开始改，20年后也还没有人口城镇化，我们的户籍歧视20年后也不完全取消。当然，这些事情做起来要有周详的规划，不能乱动盲动。2008年，我们在改革开放30年时就曾经提过一个《农民工市民化国家行动纲要》的全面规划。

城市户口垄断对中国社会发展的巨大阻碍，远没有引起人们足够的重视。中国在新世纪发展所面临的最大挑战是相对于资源的人口压力，中国要在新世纪实现现代化的高速增长面临的最大问题是内需不足。这两大问题的症结都在于人口的城市化水平太低。只有人口城市化的过程才能为实现现代化提供源源不断和强大的内需推动和合格的人力资源供给。可以毫不夸张地说，拥有合法的城市户口的人口与农村人口的比例相对于发达国家，正好完全倒置，是我国经济结构最大的不合理，是国家内需不足最根本的原因，也是我国社会发展阶段落后的最显著标志。

财税制度：用财务平衡代替土地财政

新京报：新型城镇化中的财政与税收制度问题怎么解决？

华　生：这是一个需要全盘规划的大改革。从短期来说，我们要让地方政府从债务泥潭中解套。地方政府的债务黑洞越滚越大，这个链条当断不断，以后必受其乱。我认为要像当年处理银行不良资产那样下大决心。

可以考虑花钱买机制，用给地方政府规范透明的发债权来解脱卖地财政。地方发债要有同一级人大批准，每届政府、每任领导接了多少债、留下多少债都要经过审计，高度透明，不能光看干了多少事，还要看花了多少钱。

新京报：国外有哪些可资借鉴之处？

华　生：从体制转换来说，要学习借鉴成功实现了城市化转型的日本、韩国和我国台湾地区的经验，用土地开发的财务平衡替代土地财政。税收制度的改革要结合调节收入分配和贫富差距的考量，对城镇化过程中土地增值收益进行全面合理的再分配，使之主要回归城镇化的主体，即农民工等外来移居人口，这样，人口城镇化才有长期财力支撑，经济发展的潜力才能源源不断地释放出来。

总之，没有壮志断腕的决心，改革不真干，不真去触动调整利益传导机制，肯定是不行的。我想，所谓改革是中国最大的红利，其意义也就在这里。

■ **链接**

我们说，改革是中国最大的红利，现在要让这个“利”，更多地落在百姓身上。

——2013 年 1 月 5 日，在国务院医改领导小组第十二次会议上，中共中央政治局常委、国务院副总理李克强告诫与会人员

改革是中国最大的红利，过去是这样，未来可能也是这样。过去 33 年，中国经济增长的速度达到 9.9%，这是经济史上不曾有过的伟大成就。积累的问题，很大程度是因为改革还没有到位。现在到了可以改革的时候了！在金融、资源类要素方面进行改革，一旦租金来源被消除，权力寻租的可能就不存在了。

——世界银行原首席经济学家兼副行长、全国政协经济委员会副主任、著名经济学家林毅夫

制度创新是中国改革的核心。历史经验证明，经济体系的组织与控制问题，要比资源配置、收入分配以及物价水平更为重要。政府的宏观调控要遵循市场规律——一是要尊重价值规律，补贴和限价是权宜之计，不是长久之计；二是相信市场供求规律，不要凭着政府官员脑子里想象的供求关系来处理问题；三要尊重竞争规律，只有竞争才能够给消费者带来实实在在的利益。

——第九届、第十届全国人民代表大会常务委员会副委员长，著名经济学家成思危

（2013 年 4 月 20 日刊发，记者：高明勇）

是劳教？还是二劳改？

陈忠林

重庆大学法学院院长。

（图：东方IC）

劳教不是行政处罚

新京报：因为唐慧事件，劳教制度又成了议论的焦点。很多人疑问，劳动教养最长可以限制4年的人身自由，为什么比刑事处罚还要重？

陈忠林：劳教一般的时间是一两年，四年是最极端的情况，实际上很少出现。

如果将劳教的性质理解为针对有实施严重违法犯罪危险的人采取的强制性教育措施。这种长时间限制人身自由的措施，在国际上也不是不允许。例如，很多国家的保安处分，其期限都是取决于行为人的社会危险是否消失，而不是行为本身的危害大小。比如说，对精神病人的强制治疗，就是什么时候治好什么时候才能放出去。因此，不能将这种措施和刑事处罚简单比较。

新京报：不过此前有官方文件认为劳动教养是行政处罚。

陈忠林：这是违反《宪法》、《立法法》和全国人大常委会批准的《关于劳动教养的决定》等现行法律规定的。

就劳动教养的法律性质而言，1957年经全国人大常委会批准的国务院《关于劳动教养的决定》，是目前唯一具有法律效力的文件。根据这个法律性文件的规定，劳动教养有两个性质，一个是强制性教育，一个是安置就业。很显然，这两个措施都没有涉及行政处罚。

如果把劳动教养定性为行政处罚，这个措施就完全没有存在的空间。中国现行的《治安管理处罚法》等行政法律和刑法之间已经完全实现了无缝衔接。

新京报：从最初的1957年《关于劳动教养问题的决定》，到1980年国务院的通知，再到1982年《劳动教养试行办法》，劳教的适用范围在发生变化。为什么会有这样的变化？

陈忠林：1980年以后的这些规定违背了全国人大常委会批准的关于劳动教养问题的规定，极其不合理地扩大了劳教的适用范围，在根本上改变了这个制度的初衷。

改革开放以后，面对日益严峻的社会治安秩序，人们开始脱离相关法律规定来认识劳教的性质，认为劳教也是一种劳改。

我们还出台了一些把劳教实际上等同于“二劳改”的法律规定。而在“文革”之前，据我了解，不是这样。因为它不仅是一种强制性教育措施，也是一种安置就业的措施，还发点钱，而且劳教出来，社会是不能歧视的。所以，甚至出现了有的家长送自己的子女去劳教的情况。

“文革”以后，特别是1983年“严打”后，简单地把劳教看成是维

护社会治安的手段，只要你闹，我就把你关起来。这种对劳教性质的认识既不合法，也不合理。这是今天劳教制度这么不合理的一个重要原因。

新京报：在劳动教养决定作出的程序上，目前有哪些弊端？

陈忠林：公安机关既当运动员，又当裁判员，可以说是当前劳动教养决定程序最不合理的地方。

虽然根据相关规定，劳动教养的决定由各地的劳动教养管理委员会作出，但是实际上由于该委员会的常设机构设在公安机关，日常事务也由公安来处理。公安机关是承担维护社会治安任务的机关，劳动教养的对象又是可能破坏社会治安的人。这就导致公安机关既是运动员，又是裁判员的情况。即使公安机关是出于公心，也不排除仅仅从本单位职责出发，而导致不公正的情况发生。

我们国家已经签署了《公民权利与政治权利国际公约》，这个公约规定凡是剥夺公民人身自由的措施，必须在司法机关的监督下进行。

我认为，从程序上来讲，把劳教决定机关从公安机关里独立出来，是绝对必要的。否则，这种措施的公正性就必然会受到损害。

新京报：劳动教养的合法性备受质疑，它到底有哪些违法之处？

陈忠林：现在采取劳动教养措施的依据，主要是1980年以后相关部门自己制定的规范性文件。这些文件首先是和全国人大批准的国务院《关于劳动教养问题的决定》相违背。

在目前适用的劳教法规内，国务院1957年的《决定》是经过全国人大常委会批准的法律性文件，其效力高于国务院以及公安部等单位制定的法规，后者的内容不得与这个《决定》的内容相抵触。但现在的实际情况是：与1957年的《决定》相比，目前的劳动教养措施性质变了，适用的对象也变了。

根据我国《立法法》的规定，限制和剥夺公民人身自由的措施，只能由全国人大及常委会制定法律，国务院、公安部等行政部门都没有制定“对公民限制人身自由的强制措施和处罚”的权力。现行劳动教养措施的依据基本上都是国务院及其相关部门自行制定的，明显超越了《立法法》关于立法权限的规定。

作为教育措施有存在必要

新京报：很多人呼吁废除劳教制度，但也有人认为劳教制度应该保留，你怎么看？

陈忠林：劳动教养这个称呼，恐怕不可能继续保留。我们的立法机关计划制定“违法行为教育矫治法”，不再使用劳动教养的表述，恐怕也是基于这种考量。

但是，作为一种类似保安处分的强制性教育措施，它有存在的必要，应该予以保留。这也是世界比较通行的做法。当然，前提是必须要对现行劳教制度进行彻底的改造。

比如，对实施了严重危害社会行为但又未达到相应刑事责任年龄，不能适用刑法不处罚的未成年人，就可采用强制收容教养等强制性教育措施，帮助他纠正恶习，防止他再度实施严重危害社会行为的危险。

又如，经常触犯治安管理处罚法，受到多次处罚，屡教不改，但行为又不构成犯罪，这种“气死公安，难死法院”，严重威胁社会治安，对民众和社会危害都很大的人，也应该采取强制教育措施。

当然，目前的劳教期限总的来说还是太长了，如果两三年还矫治不好，应该是教育方法有问题。改革的方向恐怕以半年为起点，比较适宜。

新京报：你一直在两会上提关于改革劳动教养制度的议案，改变这个制度，必须要通过全国人大立法吗?

陈忠林：由于现行《立法法》规定，涉及到剥夺、限制公民人身自由的事项，只能制定法律。我从2003年当上全国人大代表就一直在提相关议案和建议，要求改革劳动教养制度。因为制定相关法律，是变革劳教制度的根本之道。

但是，现在的当务之急，是国务院自己应该撤销“对有轻微违法犯罪行为、尚不够刑事处罚需要进行强制劳动的人，一律送劳动教养”等规定，因为这些规定违背《宪法》、《立法法》等法律规定，在没有法律依据的情况下，极端不合理地扩大了劳教的范围。

新京报：你共提了多少次？为什么这么坚持?

陈忠林：10年来，我每年都要在全国人大上以不同形式提出相关问题。因为，劳动教养制度涉及数以十万计的公民的人身自由。而人身自由是公民最基本的权利之一。现行劳教制度中的很多规定既极端不合理，又严重不合法，极大地破坏了现行法律体系的和谐，必须得到改变。

所以我就一直坚持提，它不改，我就一直提。

改造后的制度应参照刑事司法程序

新京报：你在议案中对这个制度的改造是怎样设想的?

陈忠林：我的设想是，将现有非刑罚和治安处罚性的强制性剥夺、限制公民人身自由的措施统一起来，制定一个统一的强制性社会预防措

施法，它的适用对象主要包括：实施了刑法所禁止行为但不负刑事责任的精神病人、未成年人；社区戒毒无效，需要强制戒毒的人；因为多次卖淫嫖娼应当强制教育的人；多次受过治安管理处罚、屡教不改的人。

在程序上，我认为应当参照刑事犯罪的处理程序，当然可以简化。最重要的有两点：一是决定机构不能常设在公安机关内，公安机关可以参加，但是不能起决定作用；二是以公开促公正，以民众的有序参与促公正。对有争议的案件，应当采取有随机抽取的民众决定的陪审制，或者请社会各方面的代表人士、专家进行听证。所有这些强制措施的过程，都必须对社会、媒体公开。

新京报：全国人大常委会曾经计划制定"违法行为矫治法"，这部法律打算怎样改革劳教制度？

陈忠林：我没有看过这个法律草案的全文，但据我了解，这部法律要缩小强制教育适用的范围，不是屡教不改的一般不会被强制教育。

此外，还将采取一些相对比较合理的程序。这些内容基本上已经达成共识了。

新京报：社会对这部法律的期待非常高，但是为什么两次都没有提交审议？

陈忠林：因为有一个问题没有达成共识，就是作出矫治决定的机关是应该常设在公安机关，还是其他部门。这是最关键的问题之一，各个部门分歧太大，意见不统一，以后的法律又要靠他们来执行。草案不上会，很可能是这个原因。

这个法肯定要立，这是毫无疑问的，因为现行的制度太不合理、太不合法了。我认为，现在的问题不是这个法立不立，而是什么时候能立，怎样立的问题。

（2012 年 8 月 18 日刊发，记者：宋识径）

■ 链接 1

劳动教养之前世今生

1955 年 8 月 25 日“劳动教养”借助于肃反运动首次登上了中国的历史舞台。那份题为《关于彻底肃清暗藏的反革命分子的指示》指出，“对这次运动清查出来的反革命分子和其他坏分子，除判处死刑的和因为罪状较轻、坦白彻底或因为立功而应继续留用的以外，分两种办法处理。一种办法，是判刑后劳动改造。另一种办法，是不能判刑而政治上又不适于继续留用，放到社会上去又会增加失业的，则进行劳动教养。”

对于劳教场所，“指示”明确“各省市应即自行筹备”。全国性的劳教场所，则由当年的内务部、公安部立即筹备设立。

1957 年反右斗争中毛泽东提出：要搞个劳动教养条例，除了少数知名人士之外，把一些右派都搞去劳动教养。当年的 8 月 1 日，经第一届全国人大常委会第 78 次会议批准，国务院公布了《关于劳动教养问题的决定》。这被广泛认为是劳动教养在中国实现制度化和规范化的标志。

1961 年 4 月公安部在《关于当前公安工作十个具体政策问题的补充规定》中，明确劳动教养的期限是 2 ~ 3 年，且由劳教机关“内部掌握”，只在收容时向本人及其家属宣布；对表现不好的劳教人员，可以延长劳动期限。

“文革”期间公检法被“砸烂”，劳动教养制度也随之中止。一部分劳教人员被释放；一部分劳教人员被转移到监狱、劳改队，按照罪犯进行管理。“文革”虽无劳教，却有“牛棚”。在剥夺人身自由与强制劳动上，“牛棚”都堪称“加强版劳教”。被关进“牛棚”的人，境遇并不比劳教更好。

“文革”后，废除劳教制度的呼声一度高涨，但这一建议并未得到采纳。相反，经全国人大常委会批准，国务院于 1979 年 12 月 5 日正式公布了《关于劳动教养的补充规定》。之所以是“补充规定”，就是对 1957 年《关于劳动教养问题的决定》的补充。

1979 年重新启用的劳教制度第一次将劳动教养的管理和审批机构确定为“劳动教养管理委员会”，该委员会设置在省、自治区和直辖市以及大中城市的人民政府之下，并由民政、公安和劳动部门的负责人组成。但实际上，真正行使劳教决定权的仍是各级公安机关。从报批、审核、决定、执行，到行政复议，都由公安机关一家负责。《公安机关办理劳动教养案件规定》（2002 年 6 月 1 日正式施行）明文规定，各省级、地

级公安部门“设立劳动教养审批委员会，作为同级劳动教养管理委员会的审批机构，依照有关法律、行政法规和本规定审批劳动教养案件，并以劳动教养管理委员会的名义作出是否劳动教养的决定。劳动教养审批委员会的日常工作由本级公安机关法制部门承担。”

1980年2月，国务院公布《关于将强制劳动与收容审查两项措施统一于劳动教养的通知》，大大扩展了劳动教养的适用对象。

1982年，国务院转发公安部《劳动教养试行办法》。从内容上看，“办法”对国务院的“补充规定”作了进一步的扩展，劳教对象被放得更宽。只要实施了刑法和行政法所禁止的任何行为，而行为人的违法情节又不够刑事处分的，从理论上都可以成为劳动教养的处罚对象。

1986年，第六届全国人大常委会通过了《治安管理处罚条例》，明确增加了三种可以适用劳动教养的情况：一是卖淫、嫖娼以及介绍、容留卖淫、嫖娼的人；二是赌博以及为赌博提供条件的人；三是制作、复制、出售、出租以及传播淫书、淫画、淫秽录象或者其他淫秽物品的人。

1990年，由全国人大常委会通过的《关于禁毒的决定》明确规定“吸食、注射毒品成瘾的，……予以强制戒除，进行治疗、教育。强制戒除后又吸食、注射毒品的，可以实行劳动教养，并在劳动教养中强制戒除。”

1991年，由全国人大常委会通过的《关于严禁卖淫嫖娼的决定》规定“因卖淫嫖娼被公安机关抓获后又卖淫嫖娼的，实行劳动教养”。

1996年3月，全国人大通过《行政处罚法》，在所有7种法定的行政处罚中，并无“劳动教养”。这也意味着，劳教作为行政机关实施的、长时间剥夺公民人身自由的行政性措施，居然不受《行政处罚法》的调整。

2000年，《立法法》颁行。作为重要的宪法性法律，《立法法》明确了“法律保留”原则，第八条规定，“限制人身自由的强制措施和处罚”只能由“法律”设定。这里的“法律”，专指全国人大及其常委会制定的规范性文件。而劳教制度的依据只有行政法规与部门规章，并无法律。由此，关于对劳教制度提请违宪审查的呼声再次传出。

2006年，《治安管理处罚法》出台，劳教制度再次被回避，但留下了一个“强制性教育措施”的开放式概念。随后，公安部通过一份批复，明确《治安管理处罚法》中的“强制性教育措施”目前就是指劳动教养。

2012年1月1日，《行政强制法》正式生效。该法第十条规定，“限制公民人身自由的行政强制措施，只能由法律设定”。据此，重庆市人大常委会以修法的形式，将《重庆市查禁卖淫嫖娼条例》中对卖淫嫖娼者实行劳动教养的规定予以删除。目前，这种自我校正，基本依赖于各地的自发自觉。

迄今，俗称“二劳改”的劳动教养已在中国存在了57年。57年来，劳教制度的最大变化，就是劳教对象的不断被扩展。而在执行方式上，并无实质变化。最长可达4年的劳教，在惩罚力度和强度上，甚至超过了刑罚中的拘役和管制，以至于一些犯罪嫌疑人发出了“宁要劳改不要劳教”的感慨。

从劳教制度的流变来看，这是一个在法制尚不健全时代的典型产物。随着法治建设的深入，公民意识的勃兴，社会各界在废除劳教制度上有了越来越多的共识。更多的民意在期待，这个时间表能否早些，再早些。

（法学学者　王琳）

■ 链接2

唐慧事件的“微记录”

2012年8月10日早晨，我得到消息，湖南省劳动教养委员会撤销了对唐慧劳改的决定，这位身心疲惫却又无比坚强的母亲，终于得以恢复自由。

她被律师们带往长沙，休养数日。这位命运坎坷的妈妈，已经离开女儿将近10天。而她和她女儿的悲惨遭遇，却已经长达数年且未得抚慰。

早在2010年，我就已经注意到了这起发生于2006年的“幼女被强迫卖淫”的案件。直到2012年6月此案终审方落下帷幕，两名主犯被判死刑。但事情并未随着法院判决书的付梓而终结。

2012年8月2日晚上8点32分，一个令人震惊的消息传来，我的朋友、该案代理律师甘元春在微博上紧急披露：主犯秦星作假立功，以“制止狱中同室人员自杀”为名，就获得了免死的可能。唐慧对此深为不满，再度到湖南省公安厅投诉，却被永州市公安局零陵分局派特警扣留，并以扰乱社会秩序被判处劳教1年零6个月。

这不是唐慧第一次被捕。3年前，我调查朱军持枪到零陵法院行凶，见到这位母亲。她告诉我其幼女被强迫卖淫上百次，鸡头[①]正是零陵公安局政委堂妹。后来，她被警方抓捕，理由是向记者反映情况，我则不得不到湖南省公安厅向一位副厅长举报，他听完后致电永州才得以放出。

记得2010年在唐家的出租房里，唐慧向我讲述她的愤怒与绝望，我也发现她抗争的力量只有一个来源：为孩子讨回公道，不惜生命代价。女儿在一封信里，安慰母亲她会好好活下去，令我泪涌。

虽然现实遭遇重重阻力，但我很清楚，这起案件绝不是孤立的个案，而是关乎到整个社会的公平与正义。如果面对显而易见的公权伤害，每个人都不发声，不行动，不改变，那么下一个被粗暴践踏的将是我们自己。

唐慧已经被关押在株洲白马垅女子劳教所。从2012年8月3日开始，我几乎以平均每日十余条的发布量，关注并实时在微博上更新我所采访掌握到的案件动向。同时呼吁，期望律师界展开行动，利用法律武器救唐慧出来。

随着事件关注者的增加，唐慧案也逐渐成为网络热点，相关微博转发都已经达到万计。

“救唐慧”，就是救自己。我又回到调查记者的职业氛围中去，要尽

① 即组织卖淫活动的头儿。

一切力量，把这个可怜的母亲，送回女儿身边。

然而，永州市公安局 2012 年 8 月 4 日贴出长微博，公开回应劳教唐慧缘由，坚称劳教合法，并称没有伪造证据帮助秦星立功免死；并声明称唐慧要求处死所有涉案 7 人，得不到法院支持而缠访，公安只好劳教。

然而据我采访所知，唐慧在诉状里从未要求法院判处 7 人死刑，她只是要严厉惩罚强奸和拐她 11 岁女儿进地下妓院的周某，殴打和强迫幼女卖淫 100 多次，导致丧失生育能力的老鸨[①]秦星。

后来，永州警方又删除了这条长微博。因为，和秦星关押在一起并被指自杀的周兰兰告诉记者："我儿子的冤情没洗清，我为什么自杀？我与秦星关押在一起期间，我从没有过自杀的念头，更没有这种行为。秦星和汪婷立功救我，纯粹是伪造的！"

我甚至困惑，在秦星"立功"已被永州市中级人民法院、湖南省高级人民法院两级人民法院 3 次否定，并写进判决的情况下，永州警方不尊重、甚至否定终审判决，带头摧毁法治，意欲何为？

有人建议直接找湖南的高层批示帮助唐慧。可我认为，坚持用法律来纠错平冤是法治湖南绝好契机。权力批示或舆论施压帮助唐慧尽快走出劳教所，我们也会开心，但那绝不是真正的胜利。

唯有法律才是所有人最牢靠的保护者，并可成为一种日常的方式保护更多唐慧。我决定这次一定要紧扣法治两字。

2012 年 8 月 4 日的深夜，甘元春律师和胡益华律师，冒雨驱车 400 公里潜入唐慧家中，乐乐爸爸向律师签署了委托协议，法律援助正式开始。路上还被神秘车辆跟随，好不容易才甩掉。

为了安全考虑，他们签署法律协议时都不敢开灯，而是借助手机屏幕微弱的光芒。

这张用手机灯光照耀的图片却折射唐慧和女儿的悲惨遭遇，迅速成为全社会最关注的焦点事件。

2012 年 8 月 5 日晚，《人民日报》官方微博对此事件作出评论，呼吁法治和公平。中国更多媒体也开始介入报道，对永州事件的追问层层紧逼，真相开始逐渐水落石出。

2012 年 8 月 6 日，湖南省委政法委成立调查组赴永州调查此案办理情况。调查组负责人表示，一旦发现有错，将坚决依法纠正。如有违法

① 开设地下妓院的女人。

违纪行为，将依法依规给予严肃处理。

权威媒体和政府高层的介入，开始使得这一事件初露公正解决的曙光。但法律界对唐慧的司法援助行动不会停止，律师团队将加快收集和固定事实，强有力支持湖南官方调查，联手洗刷唐慧冤屈，共同护卫湖南法治。

2012 年 8 月 6 日，甘元春在其个人博客上发布了此案的行政复议申请书。

当日下午，这份文件被送进了湖南省公安厅。

此时，唐慧的女儿已经将近一周没有看到妈妈，如果脆弱的她知道妈妈已经被劳教，可能要疯掉。

2012年8月7日，继《人民日报》之后，新华社也报道了永州唐慧事件。在重重压力之下，2012 年 8 月 8 日，湖南省劳动教养管理委员会决定对唐慧劳动教养案进行审查和复议。

然而，就在一切事态都已好转的时候。2012 年 8 月 9 日，事态突然又发生重大变化。重要证人周兰兰的女儿，致电律师称当地政府和派出所的十多人，来到她单位想带走她，迫使周兰兰出面。

黑暗总是在黎明之前到来。永州警方的此番行动，的确是出乎我的意料。情急之下，我向广大网民发出了“危急”的公开呼吁。而短短一天里，唐慧事件因此而再度发酵，几十家媒体都表示关注，百万、千万的网民们也都给予支持。正义，总是和善良一路同行。

警察进入周家试图施压，令湖南方面极为震怒。省政法委调查组对接律师，承诺保障周兰兰的人身安全后和周见面，并迅速完成对周的调查笔录。

正义果然如期而至。2012 年 8 月 10 日早晨，湖南省劳改委撤销永州市公安局的劳教决定，律师陪她在行政复议回执上签署名字后，一起去了长沙。

唐慧得自由，我却陷入沉思。

一个唐慧可以被救出，假如有其他的唐慧存在，怎么办?

“今天，有更多微小却心存信念的人聚集关注唐慧案，令正能量更为汹涌澎湃。对于法治和公正的社会共识形成，唯有齐心协力，建筑法治之国家，人人才可真正自由而安全。”

（《凤凰周刊》记者部主任　邓飞）

要防御性而非进攻性的民族主义

郑永年

英国诺丁汉大学当代中国研究学院中国政策研究所研究主任。

（图：CFP）

■ 背景 ■

面对西方媒体各种不公报道引发的爱国之声，有赞叹，有担忧。怎么评价民族主义浪潮？民族主义有没有界限？为此，新京报采访了郑永年教授。

奥运会"火炬事件"是自觉的民族主义

新京报：因火炬传递受阻引发的上一波民族主义浪潮当中，海内外的中国人甚至定居海外的华人在态度上都高度一致，这在过去几十年当中是罕见的，当中的原因是什么？

郑永年：这一波民族主义浪潮是因西方反华力量抵制北京奥运会而引发的。因为北京举办奥运会是中国崛起的一个重要象征。这一特殊的标志性让中国公众的心理变得非常复杂。自从民族主义在近代从西方传入中国之后，中国的民族主义实际上有个转型。"五四运动"以后的很长一段时间里，中国民族主义的核心是"富国强兵"。但是通过过去30年的改革开放，我们可以说中国起码在经济上已经是相对崛起了，就是说在很大程度上已经实现了富国强兵的民族主义目标。在这个情况下，民族主义又有了新的发展，一些年轻人甚至官员开始表现得过分自信。

中国崛起是一个非常复杂的概念。在国际环境下，举办奥运会本身无疑是一个崛起的标志，但它在西方却遭遇到某些国家的一些人的抵制，包括英国、法国和美国的一些人，这些都是中国人传统意义上的"列强"，那种百年耻辱的心情很自然被刺激起来。这种心理状态和年轻人的过分自信，两种情绪有机地结合到一起，是这一波民族主义浪潮覆盖面如此之广的主要原因。

抗议奥运事件同时发生在很多西方国家，这也使得很多人认为整个西方世界都在和中国作对，因此把中国摆到了整个西方的对立面。这不是新形式的"八国联军"嘛？国人因此同仇敌忾。考量到这一点，有这么大范围的反抗也不奇怪了。

新京报：有西方媒体说中国的民族主义浪潮背后是政府的有意操纵，你是否认可？

郑永年：也有一些西方记者来问我这个问题。我告诉他们我不认同这个看法。西方人容易把中国的民族主义的根源归结于共产主义，所以在他们看来，民族主义自然就是共产党政权操纵的。但我告诉他们，你必须注意到这一波民族主义浪潮是从西方的华人开始。你或许可以说留学生受到他们在中国接受的教育的影响，但是你说西方的华人也是这样就很牵强了。我自己觉得并不存在政府操纵的问题。我把这个称为自觉的民族主义，和政府没有太大的关系。相反，我们也看到中国政府实际上是在有意降温，希望把民族主义控制在一个理性的范围内。

民族主义超出控制，它们的目标反而达到了

新京报：为什么有些国人会觉得西方在集体反华？

郑永年：首先，我一直在强调，中国人必须从多元的角度来看西方和中国的关系。我自己在西方生活多年，和不同的人打交道，和他们交谈中国问题，反华的毕竟是少数。之所以会在国内造成西方集体反华的印象，是因为反华势力是高度组织起来的，比如某些媒体，比如某些非政府组织，尤其是那些国际非政府组织。而对华友好者和支持中国的力量比较分散。很多英国人也在抱怨 BBC 报道不公。不仅仅是中国留学生，很多英国人也找不到平台说话。

此外，西方媒体传达出来的声音和西方民众本身的意识也有非常大的差异。就像在国外，如果只听媒体的声音，可能会觉得中国 13 亿人都是极端民族主义者，都在反西方。但是国内的实际情况并不是这样。西方媒体本身对中国、甚至对所有发展中国家的道德优越感是根深蒂固的。近代以来，西方发展了，第三世界国家落后了，包括媒体在内的西方力量总是认为自己是中国的老师。从这个层面上说，他们自然会有一种居高临下的批判姿态。

新京报：当中是否存在国内盛行的西方阴谋论的问题？

郑永年：这个问题很复杂。在某个层面我会说是，西方的确有阴谋。但“西方”这个概念太大。比如，我们只能说美国政府的一些部门为了战略利益而通过各种方式干预中国事务，这可以说是“阴谋”。而西方的一些非政府组织也可以有阴谋。站在国内，这些组织的最终目标不是那么清楚，很多人以为他们只是要抹黑中国在国外的形象。但实际上，很多组织的最终目标是中国国内。例如说，如果中国的民族主义超出了控制，它们的目标反而达到了。要知道，在这些组织看来，在西藏制造乱象比支持海外藏独分子闹事，能够产生更大的“影响力”。

新京报：你曾经提到，尽管“藏独”分子和西方的反华力量把矛头对准中国，但从更高的层次上看，这也是一次反全球化浪潮的运动，是不是意味着中国并不是唯一的箭靶？

郑永年：这是肯定的。自上世纪 90 年代以来，随着全球化速度的

加速，反全球化的运动也越来越激烈。各种反全球化的组织和力量都在寻找和利用一切可以利用的平台表达诉求。这些抗议力量基本上所有的国际集会它都会去，他们是专业抗议者。奥运会当然是其中一个最好的平台。这部分人的目标并不见得都是直接针对中国，只是这个平台上的靶子因为中国举办奥运会而变成了中国。

中国对外沟通的语言还没和国际接轨

新京报：在这次事件之前，国内公众对海外藏独势力的情况了解不多，所以这一次很多人对其大规模爆发感到吃惊，获取信息的多少和途径是否也影响了公众的情绪？

郑永年：我同意这个说法。中国民众不仅是对西藏了解不够，对在西方的西藏人的了解也同样不够。比如海外的西藏人有十几万，你不能说所有西藏人都是藏独分子。在西藏人中间，从事藏独的是少部分有政治野心的人。但是民族主义情绪往往把藏人看成一个整体。人们从不同途径获取不同的多方面的信息，这样才会促使他们做理性思考。这在其他国家也一样，往往信息控制越严的时候，是民族主义表现最强盛的时候，情绪往往超过理性。

新京报：从目前来看，可以改进的是什么？

郑永年：首先，中国对外交流的模式有需要检讨的地方。很多年里，中国政府对少数民族实际上做了很多好事情，包括大力发展少数民族经济，提供经济支持，保护它们独特的文化和语言等等。西方社会的种族整合力度其实比中国厉害多了，比如法国就试图禁止穆斯林在街上戴面纱。一些西方政客公开叫嚷穆斯林是西方价值的敌人。但是国际社会对中国所做的完全不了解。你可以说当中有西方媒体的偏见，也有中国自身话语体系的问题。中国对外沟通的语言还远远没有和国际接轨。中国要建立自己的话语体系，但这个话语体系必须使国际社会能够理解。

中国也必须解决只有一个声音的现状。长期以来，我们在国际舞台上常常只有一个声音，那就是政府的声音。民间声音不多，更难表达于国际社会。反之，一旦遇到来自西方方方面面的挑战，政府都要亲自出马来回应。政府这样做很累，也不一定最有效。

也要了解西方媒体和西方政府之间的关系。西方媒体和政府之间有一致性，但也有冲突。媒体是一支比较独立的力量，西方政府很难主导媒体。媒体会把自己的利益放在政府利益之上。在那里，媒体的利益甚至不一定与公众利益一致。

新京报：目前政府正在通过官方口径不断释放给民族主义情绪降温的信息，这是否有效？

郑永年：我想应当有些效果，但是不能掉以轻心。

当然，我们说民族主义是不可避免的，也没有必要避免，因为它有很多正面的影响。比如在历史上，我们曾把民族主义引导到建立一个新国家上。此后，还努力把爱国情绪转化为经济建设力量。所以我们不要对民族主义产生太多的恐惧，而是要思考到底把民族主义这个巨大的资源用到哪里。在我看来，当然还是要用到继续改革上面。中国正在崛起，但国内有这么多改革问题没有得到解决。反西方并不是民族主义者的最终目标，最终目标应当是国家的强大。

防止民族主义从“防御性”转为“进攻性”

新京报：国内的理论界已经注意到目前中国民粹主义和民族主义双双抬头的趋势，这会产生什么结果？

郑永年：从历史经验来说，民粹主义的基本价值在遭到所谓外在威胁时，很容易转变成民族主义。目前中国的民粹主义和民族主义倾向在对外关系上是重合的，这是一件很复杂的事情。两者的结合使得民众情绪很容易超出控制，甚至会影响到社会稳定。

现在的民族主义是个“筐”，似乎什么都可以往里装。各种不同的情绪似乎都可以通过民族主义这个管道表达出来。如果不加以梳理和引导，中国的民族主义很可能最终走到民族主义本身的反面，就是说，本身要达到的目标没有达到，却帮助对手达到了目标。这个是我们必须警惕的。

新京报：你曾在文章中说从大国的责任角度来说，中国需要的是一种防御性的民族主义，而且要避免具有进攻性的民族主义变种，目前是否有这个趋势？避免的途径在哪里？

郑永年：我的判断是中国的民族主义到今天为止还是防御性的，因为这是针对西方对中国不公的一种反应。但必须防止民族主义从“防御性”转变成为“进攻性”的。

在近代国家诞生以来，任何国家的发展都和民族主义分不开。就是说民族主义是一种积极的主义，是国家进步的一个巨大动力。但如果把握不好，民族主义变成了进攻性的，那么就要影响国与国之间的关系，甚至是国际和平。我们可以举德国和日本的民族主义为例。民族主义在德国和日本的早期发展过程中实际上起到了很好的作用。两国的崛起和民族主义分不开。但是，因为种种原因，民族主义在这两国最终演变成了具有进攻性的民族主义，走向了极端。中国要和平崛起，既要有民族主义精神，又要防止民族主义的变质。中国是个大国，周边有那么多国家，如果民族主义具有了进攻性，那么周边国家就会有看法，不利于中国的和平发展，也不利于中国在国际舞台上的作用。

（2008 年 5 月 10 日刊发，记者：李静睿）

“经济升级”：如何不被高增长打败

姚洋

经济学家，北京大学国家发展研究院院长、北京大学中国经济研究中心主任。

（图：浦峰）

背景

2013年全国两会期间，李克强总理在中外记者会上首次提出打造“中国经济升级版”，指出“关键在推动经济转型，把改革的红利、内需的潜力、创新的活力叠加起来，形成新动力，并且使质量和效益、就业和收入、环境保护和资源节约有新提升，打造中国经济的升级版”。此后，他又多次提到“经济升级”。

那么，“经济升级”主要指什么？经济该如何升级？如何避免潜在的风险？新京报专访经济学家、北京大学国家发展研究院院长、北京大学中国经济研究中心主任姚洋教授。

内涵：核心是“四大升级”

新京报：不久前你在《人民日报》上刊发文章，说“打造中国经济升级版”，要“用制度创新激发经济新活力”。那么“经济升级”主要指什么？

姚　洋：“经济升级”，首先是体制机制的升级。“经济升级”的一个重要方面，就是完善社会主义市场经济体制。改革开放的历程也告诉我们，改革红利是中国经济发展的最大红利，中国的每一个经济发展阶段都伴随着体制和机制改革。

新京报：体制机制的升级，具体是什么？

姚　洋：体制机制的升级，主要是政府职能的升级。具体来说，就是厘定政府与市场的关系，通过转变政府职能来激发市场持久的活力。

李克强总理多次讲到，要处理好政府与市场、社会的关系，把应该由市场和社会发挥作用的交给市场和社会，“要把错装在政府身上的手换成市场的手”。过去30多年的改革取得了巨大的成就，但是政府和市场之间边界仍然模糊不清，主要表现为政府对经济的管制过多、政府对经济的直接参与过多。

正如经济发展有其阶段性一样，政府的职能也有阶段性。当经济向一个新的阶段跃进的时候，政府的职能就需要随之改变，而不是停滞，停留在上一个阶段。

新京报：经济升级，还包括哪些内容？

姚　洋：除了体制的升级，还包括生产方式的升级。过去的十几年，中国经济的增长主要依赖于外需，成绩显著，外向型经济发展的贡献是毋庸置疑的。但是，现在我们面临两个新问题。一个是世界市场的需求在下降，若想再像以前那样保持20%以上的外贸增长率，几乎是不可能了，大家普遍认为不会超过10%。这是一个正常的速度，全世界的贸易额每年也就增长7%，我们动辄20%以上的贸易额是不可持续的，这就需要我们更多依靠内需。

另一方面，长期的外向型经济导致过高的国民总储蓄率，而居民收入占比又在下降，也就是说，之前的经济增长并没有均衡地惠及民众，而这又直接影响到对内需潜力的挖掘。在这两种情况下，经济升级首先是生产方式的升级。

新京报：通过生产方式的升级，带动一系列其他升级？

姚　洋：是的，接下来就是产业结构的升级。以前中国经济增长中经常出口低成本的商品，成绩也很大，不能否定它，但是现在我们进入了“中等收入国家”以后，劳动力成本在上升，继续搞低成本的加工业，难度越来越大，而一些后起的国家也在追赶，所以我们就面临产业如何升级的问题。

新京报：产业升级需要什么条件呢？

姚　洋：我认为最重要的是人力资本的升级，这一点很容易被忽视。当其他方面都升级了，但如果人还是原来那些人，人力资本没有升级，那么谁来开机床？谁来造精密仪器？富士康就出现这样的问题。现在富士康的返工率比较高，其中就有工人素质的问题，也有管理人才的问题。规章制度摆在那里，其实就是如何执行的问题，这就涉及人力资本的升级。

总之，“经济升级”，应该包含体制机制的升级、生产方式的升级、产业结构的升级和人力资本的升级。

路径突破口之一：降低政府对经济的直接干预

新京报：现在很多人都关心，中国该如何进行“经济升级”？

姚　洋：“经济升级”的一个背景，就是我们经常说的中国经济结构失衡，我觉得最大的失衡是政府干预过多，政府对经济的控制过于强大，这显然没有好处。政府不应过多干预经济，国营企业要减少，投资要减少，不能越俎代庖，应该让民营企业家更多地参与到基础建设中来。

新京报：推动“经济升级”，必须政府放权？

姚　洋：对，中央也意识到这个问题。像李克强总理说的，只有政府权力多做“减法”，才可换取市场活力的“加法”。

政府掌握的收入，按一般预算口径应该是经济总量的22%，如果按照宽口径来算，也就是说包括卖地收入、社保收入以及其他收入等，应该有 1/3 以上，这个比例算是蛮高的。还有国营企业，它们创造的增加值占 GDP 的比重有将近 30%，这样一来，政府直接或者间接控制的 GDP 达到了 60% 以上。这还不是最后的统计数字，因为政府还可以控制银行等机构的资金。

资金如此集中在政府手中，经济的升级就会受到很大制约。

新京报：那你认为“经济升级”需要解决哪些问题？

姚　洋：回顾过去 20 年的经济发展，我想离不开对四个问题的清醒认识：1. 统一开放和竞争有序的市场体系，这是市场经济体制的基本特征；2. 多样和自负盈亏的市场主体，这是市场经济的活力所在；3. 国家对财税、货币政策以及产业发展方向的调控，这是市场经济健康运行的必要条件；4. 完善的法律体系以及建立其上的有序竞争，这是市场经济的制度保障。

明确这些共识，我们就有了经济升级的方向。

新京报：今年的 4 月 22 日美国《时代》周刊的封面报道“美国制造”说，从硅谷传来的信号显示，美国制造业回流已经成为趋势。为了让新的工业革命在美国发生，让制造业回归美国，奥巴马的配套政策是政府提供税收优惠，同时对那些继续把制造业留在海外的跨国公司课以重税。而这一切，都剑指“世界工厂”中国的“中国制造”。这对当前中国的“经济升级”带来什么样的环境和影响？

姚　洋：这的确对我国提出一些挑战，促使我国进行产业升级。但是，具体到如何进行产业升级，还需要细致的研究。目前国家提出了节能环保产业、新一代信息技术产业、生物产业、高端装备制造产业、新能源产业、新材料产业和新能源汽车产业等 7 大战略新兴产业的重点发展方向，这些都是属于高精尖的技术领域。可是，中国是不是真正到了立即发展这些高精尖技术的时机，这是值得商榷的。

虽然对于政府来说，资本方面比较充裕，可是如果升级的步子迈得太快，社会的配套是否跟得上？因为技术的进步、产业的更新，都是一个系统工程，并不是砸进去一些钱就立竿见影，马上可以出效果的。另一方面，由政府来集中投资，由政府来挑选技术优胜者，未必能推动技术进步。世界范围内的经验表明，市场是推动技术进步的主要机制。

技术发明是一个随机事件，必须进行大范围的试错过程才可能实现一次发明，而政府投资只集中在少数企业，试错的次数不够，因此失败的概率较高。这就又回到体制升级上来了，政府应该把技术创新交给市场做。

路径突破口之二：改革户籍制度

新京报：我们谈转变生产方式已经很多年了，但目前的进展并不大，你认为转变生产方式的突破口在哪里？

姚　洋：一个重要的突破口，就是改革户籍制度。户籍制度建立于1958年，目的是限制劳动力流动，特别是限制农村居民向城市流动。这项制度事实上是将一个人的合法居住地限定为其出生地。然而，如今中国有2.4亿流动人口，其中1.6亿人属于农村户口。

实际上，国务院在2012年2月就宣布了新的户籍政策。其中提出，小城市的外来人口如果在当地有稳定的工作和住房（包括租房），可以申请落户；中等城市的外来人口如果在一个城市连续工作和居住三年以上，同样可以落户。

如果这项政策得到实施，将极大地促进国内消费，原因有两点。

首先，进城务工人员把大部分收入储蓄了起来，因为他们必须为将来回老家做准备，如果让他们在城市里落下户口，将稳定他们的预期，促使他们增加消费。根据粗略估算，如果进城务工人员的消费水平提高至城市居民的平均水平，居民消费占国内生产总值的比重将增加4.2个百分点。

其次，一旦有了城市户口，进城人员会把他们的孩子和父母接到城市，而城市人口增加将为服务业打开更大的市场。中国服务业严重发展不足，因此很有希望填补2015 ~ 2020年期间制造业占比下降造成的缺口。

风险：最担忧人力资本的升级

2.4亿进城务工人员的人力资本被忽视，这是制约中国走向高收入国家的关键性因素。建议国家每年拿出300 ~ 500亿元做职业培训，连续投入十年

新京报：经济升级，也并非想升就一定能升，你认为有哪些潜在的风险？

姚　洋：第一个风险，是我们的技术方向错了，最终被锁定在一个没有潜力的技术路线中。比如说汽车行业，现在国家重点推新能源汽车产业，加快高性能动力电池、电机等关键零部件和材料核心技术研发及推广应用，大方向没有错，这是未来发展的一个趋势，但是在目前的状

态下，就有点像把所有鸡蛋放进一个篮子里，发展方向有些偏差，我们是不是应该让更多技术齐头并进？

新京报：偏差？

姚　洋：对，现在新能源汽车补贴非常高，特别是电动汽车，深圳市说是补贴12万元，北京市说是可以不参与摇号，这本身也是很大的补贴，因为目前的摇号概率太低了，而我们常说的混合动力，是不给一分钱补贴。混合动力有很多的好处，车体可以变得比电池汽车要轻，开起来也没有续航的问题，只要加油，续航能力就会很强，耗油也很低。所以，要多鼓励大家都去摸索，而不是侧重发展某一方面行业，并且现在生产新能源汽车的企业就那么几家，等于在定向地补贴这些企业。

这又回到政府究竟扮演什么样的角色这个问题上来了。政府应把精力放在一些基础性的研究上，而不是关注技术的应用，毕竟在高精尖的技术领域，世界的未来走势还很难看清楚，应让市场去试探。

新京报：其他还有什么担忧？

姚　洋：我最担忧的还是人力资本升级的问题。十八大提出国民收入倍增计划。可是，生产工人的收入翻一番却不那么容易，假如按照网络上那张比较走红的工人工资表7000元/月来算，翻一番是14000元/月，差不多2600美元/月，但是他们的教育水平却只有初中水平，10年之后他们的技能是否还能符合当时的环境是很难说的。

所以反过来说，除非我们眼睁睁地看着未来的收入差距越来越大，否则政府必须加大投资教育。

新京报：如何加大投资教育？

姚　洋：根据《国家中长期教育发展和改革纲要》(简称《纲要》)的要求，到2020年我国的大学粗入学率将达到40%，对教育不可谓不重视。

然而，在教育政策也有改进之处。《纲要》主要强调正规教育，这对提升未来的劳动者的人力资本水平是有用的，但对现在已经进入劳动力大军的劳动者却用处不大。现有劳动力大军的主体是2.4亿进城务工人员，他们当中的80%只具有初中或以下的教育水平，而且绝大多数人不会再回到正规学校里学习。考虑到在未来相当长的一段时间里，他们将仍然是中国劳动力大军的主体，提高这部分人的人力资本将是中国产业升级和避免“中等收入陷阱”的关键。

新京报：主要突出对劳动力的技能培养？

姚　洋：我建议国家每年拿出300 ~ 500亿元做职业培训，连续投入10年，也不过是3000～4000亿元，这对中央财政并不是大数字，可是对社会的影响却是巨大的。一个可行的方案是，国家每年发行一定数量的“教育国债”，用于在岗工人的培训。鉴于工人的分散性，实际操作中可以采取补贴培训学校的方式分配资金。不要过于担心所谓的跑冒滴漏，那都是次要的，关键是这个投入是很有价值的。

与此同时，应该重新建立工人的八级工制度。目前，工人除了工资增长，没有其他职业发展空间，这大大打击年轻人选择做产业工人的积极性。工人的技术级别就如同技术人员的工程师级别一样，是一种社会地位的象征，可以增加工人的荣誉感。

新京报：这个问题确实容易被忽视。

姚　洋：我经常说的一句话，就是中国不要被经济的高增长所打败，意思是说，因为现在经济增长速度很快，工人的工资增长也很快，农村家庭投资子女教育的积极性大为降低，农村大学升学率下降就是一个例证。高增长是好事，但高增长却可能降低人们投资人力资本的积极性。

就中国目前的情况而言，2.4亿进城务工人员的人力资本被忽视，但这却是制约中国走向高收入国家的关键性因素。他们的收入问题解决不了，即使身份转变成了市民，也会在消灭“农村贫困”的同时，制造新的“城市贫困”。

提升这部分人的人力资本水平，不仅将提高他们的收入，而且将为中国走向高收入国家提供必要的保障。

（2013年5月4日刊发，记者：高明勇）

■ **链接**

“美国制造”卷土重来

美国经济继续挣扎，2013年3月份仅仅增加88000个就业岗位，这一疲软的就业报告使得市场短暂受惊。但如果退一步来看你会发现其中亮点：美国制造业正在卷土重来。这也许是自当年硅谷崛起之后对美国来说最利好的经济新闻。

走出衰退谷底后，美国制造业增长超越其他发达国家，在过去3年内创造了近50万份就业岗位。这是过去十多年来工厂岗位数量首次出现不跌反涨的趋势。从匹兹堡附近的EXOne公司的3D产业增长到路易斯安那州及得克萨斯州陶氏化学公司扩大乙烯和丙烯生产带来3.5万个就业岗位，美国工人正在全力生产着全球客户想要购买的商品，这一事实有力地反驳了认为美国将陷入无可避免的制造业衰退的说法。

目前许多制造业的工作岗位都要求两年以上的技术从业经验，比如钳工或者焊工。而且这一标准还会不断提高，一些专家预测，在不久的将来，雇主很可能会要求应聘者（工人）具备大学本科学历，这一标准最终会被世界各国所接受和认同。如果美国想要振兴制造业并意图借此增加就业岗位，那么认清这一趋势至关重要，尤其是教育家（他们需要确保未来的工人学到适用的技能）和政策制定者（他们需要设置新的教育标准）。

富士康在美建多个工厂

谷歌新推出的高科技眼镜将在加利福尼亚投入生产，这是美国科技公司选择将其生产线设置在美国本土的最新案例。据报道，谷歌眼镜将由生产装配了大量苹果产品的台湾富士康科技集团代工生产，工厂设在加利福尼亚州的圣地卡拉。

几个月前，奥巴马总统在其2013国情咨文中重点提到了，苹果公司CEO库克表示将斥资1亿美元在美国本土建立Mac电脑生产线这一消息，而谷歌这一决定紧随其后。奥巴马呼吁高科技公司增加在美国本土的制造业投入，虽然这一投入有增长的迹象，但这究竟是一个长期趋势，还是仅仅只是美国经济短暂回暖的副产品而已，还存在着广泛争议。

已经在得克萨斯州及印第安纳州设立子公司并建立工厂的富士康表示，希望扩大在美国的业务以应对日益增长的“美国制造”商品的需求。

——节选自《时代》周刊

（翻译　陈白）

《朱镕基答记者问》有没有“内幕”？

黄书元

人民出版社社长。

（图：CFP）

■ 背景 ■

2009年9月2日，人民出版社出版的《朱镕基答记者问》一书正式在全国公开发行。同一天，首次印刷25万册的该书再次加印。退休后一直低调的前总理朱镕基，以出书的方式再次走到了公众面前。新书出版的缘由是什么？有哪些“内幕”？书中的内容对今天的改革有哪些价值？怎么看待领导人出书？新京报专访出版该书的人民出版社社长黄书元。

朱镕基一直“低调”，为何突然出书

新京报：1990年5月5日，有关部门联合发布了《关于对描写党和国家主要领导人的出版物加强管理的规定》。根据该《规定》，有资格出版的单位仅限人民出版社、中央文献出版社、中共党史资料出版社、中共中央党校出版社、中国青年出版社、解放军出版社和各省、自治区、直辖市人民出版社，其他出版社不得参与。《朱镕基答记者问》为什么选择在人民出版社出版？

黄书元：新中国成立以来，党和国家领导人的书基本上都是在人民出版社出版，选择在我们这里出版也是最权威的。现在正在进行文化体制改革，中央把我们确定为国内唯一一家公益性出版事业单位，主要承担党和国家的文件文献、党和国家领导人著作的出版等任务。因此，《朱镕基答记者问》在人民出版社出版，这是正常的选择，也符合规定。

新京报：《规定》称，凡写健在的党和国家主要领导人的书稿，在报送新闻出版总署之前，须先由出版单位征求本人意见。书稿是否经朱镕基本人看过？他有什么意见？

黄书元：因为是署名出版，朱镕基本人审阅了全部手稿，但并没有提特别多的意见，只做了少量的文字更正。我们在该书的前言中也提到，中央领导对本书提出了宝贵的意见，中央有关部门负责同志对本书给出了指导意见。其实所有审过的人都没有提什么特殊的意见。

新京报：据媒体报道称，朱镕基退休后，一直很“低调”，这次新书出版的缘由是什么？

黄书元：朱镕基任总理时，每次人大会后的答中外记者问，老百姓都作为一个很重要的节目来观看，影响确实是非常之大。在朱镕基退休后，不少人在一起聚会或聊天时都谈到这件事，也有很多同志反映这么多的“答记者问”都很精彩，但是查阅起来比较麻烦。平常还有读者打电话或写信给我们，希望人民出版社出一本这样的书。我们把这个信息告知了朱镕基，得到了他的回应。从这个角度说，我们是应广大读者要求出版的这本书。

其实，朱镕基一直都是很“低调”，包括这次出书。比如现在的宣传，我们提出书出版了能不能和读者见见面，或者是签签名，他都拒绝了。再比如，我们曾经想在清华大学新闻传播学院举行一个座谈会，邀请朱镕基和未来的记者们之间搞个交流，但是他还是不愿意参加任何活动，也不允许他的部下参加，仍然是非常低调。而对出书，他也是任由读者评价，自己不作任何评价。

境外演讲为何原汁原味地呈现给读者

新京报：朱镕基有些接受外国记者的采访，以及在境外的演讲和答问，是不是说当时不适合公开，现在可以公开出版了？

黄书元：这个事我觉得要这样看，当时也没有说党和国家领导人接受外媒记者采访的内容不适合公开，因为对外国记者都可以谈，对中国记者、对中国人民肯定是不应保密的，对国外都谈了嘛。何况当时也没有说在境外发表的这些演说是保密的，从来没有。

事实上，那时这些演说有很多已经在媒体上报道，国内报道时把他的答记者问进行了归纳整理，内容意思是一致的，只不过没有把这些采访内容在报纸、杂志全文发表。哪有对外国人都能谈，反而对中国人不能谈的道理，根本不存在这个问题。

新京报：我注意到，书中收入的是“回答记者提问和境外发表的部分演讲”，没有收“全部”的原因在哪？

黄书元：收录“部分”演讲和答记者问，取决于多个方面的因素，首先一点，由于朱镕基是在各个地方、不同国家答复不同的媒体记者，而这些记者在不同的国家、不同的场合、不同的时间提的问题往往是一样的。他对同一个问题的回答，难免有重复的地方。我们在编辑时把重复的东西删掉了。除此之外，没有删掉更多的东西。

还有一个重要的因素就是，对他的“答记者问”材料的收集整理，这是首次。尽管材料的来源渠道比较宽泛，包括凤外交部、凤凰卫视等不少部门给提供，但是难免会有遗漏。事实上，从选题确定，到现在出书，历时 3 年，费尽周折，仍不敢说收集到了全部的内容。鉴于此，我们在书的“前言”中只能说是“部分”，还有些材料没有收集到。

新京报：有没有哪些方面的内容因为敏感而删掉的？

黄书元：编辑过程中，好像我们还没看到有什么特别敏感的内容。因为他的答记者问几乎都是公开的，在境内外都是在公开的场合答记者问，所以基本上没有特别敏感的话题。你要看到，他的答记者问，不是小范围几个人在一起谈，也不是在某个会议上谈的，这都可能需要保密，但是对记者的提问，哪个记者来给你保密呀？特别是境外记者，如果删去可能传播得更快。

因为面对的是媒体，特别是境外记者，可能一个字、一个标点符号他都不会给你保密，都会如实报道。基本上是这样的情况。

新京报：此前你接受采访时说，"从某种意义上说，《朱镕基答记者问》的出版，对于我们解决当前国际金融危机严峻形势下的困难和问题，有着重要的启迪作用。"能否具体解释一下？

黄书元：这是我个人的一点看法，是作为一名普通读者的理解，我觉得朱镕基在经济方面的经历，对解决当前的金融危机有所借鉴。当下的金融危机和1998年前后的亚洲金融危机相比，有一定雷同的地方，而朱镕基一直都是主抓经济工作的。从1991～2003年，他这一段时间从副总理到总理，经历过了金融危机、经济体制改革等一系列重大的决策，所以我觉得他这些内容，对搞经济工作的同志，还是值得一读。当然，这里有经验，肯定也有教训，那么，无论是经验还是教训，都是我们的宝贵财富。

因此，我们主要是把朱镕基的答记者问，尽可能原汁原味地提供给大家，让大家对当年的金融危机以及中国的主要应对情况更了解。特别是在当时的危机中，中国如何看待世界，和世界如何看待中国，进一步开阔我们的视野，以有助于应对当前的经济危机。

领导人出书也是满足公众知情权

新京报：经你的手，在人民出版社出版的领导人出版物都有哪些？

黄书元：我到人民社十来年了，先后经历了党的十六大、十七大，这两个党的会议重要文件的出版，中间还有《江泽民文选》、《胡耀邦传》，还有胡锦涛的每一次重要讲话等有关书籍。

新京报：你怎样看待领导人出书现象？

黄书元：党和国家领导人，他们面对的就是一个开放的世界，面对的是新闻媒体，而且不是一个媒体，是所有的媒体。作为党和国家领导人，他们参与了我们党和国家的很多重大的决策，重要政策的制定，他们在任的时候积累了很多重要的经验，这些东西我认为都是很宝贵的财富，非常有必要留给后人，因此出书把这些财富记录下来，对后人确实有很好的启迪作用，我认为这是个好事。

另外，领导人出书，把很多当时重大决策的情况公开了，很大程度上增加了决策的透明透，是社会进步的体现。

新京报：在你们举办的新书发布会上，请了一些媒体方面的学者，是不是可以说,《朱镕基答记者问》的出版,对官员和媒体都是一种启蒙?

黄书元：从一个侧面看，可以这么说。一方面，各级党政干部都要有很好的工作能力,但是,在如何面对媒体问题上,确实有不少领导干部,不习惯也不知道如何与媒体打交道，尤其是现在处于社会转型期，各种社会问题比较集中的表现出来，一些没有经验的领导面对媒体的监督往往容易手足无措，要么一味地隐瞒，封锁消息，要么到处进行公关，要么干脆躲着媒体，结果让本来简单的问题复杂化，严重化，甚至一些地方还激化了社会矛盾。

在《朱镕基答记者问》中，可以看到，不少国外媒体的记者提出的问题很尖锐，很刁钻，有些就是我们通常说的敏感问题，确实很难回答，但是，不管在什么场合，媒体记者的发问和其他人员的发问，朱镕基的回答都很巧妙，充分体现了他的睿智与幽默，体现了他驾驭局势的能力，也展现了一位大国总理的人格魅力。而这些，对当今领导干部能力的提升，就是一本鲜活的教材。

另一方面，《朱镕基答记者问》对于广大新闻从业者来说，也会有很多启迪。对于记者来说，怎么提问，也需要高超的技巧。就像前不久，北京电视台出现的“毒舌门”事件,原因就在于易中天嫌记者不会提问。同样是记者，该怎么提问，就是一门学问。采访朱总理的，几乎都是这些国外媒体的资深记者，他们是怎么提问的，总理是怎么答的，通过这些提问，可以了解到传媒的操作，这都是很好的启蒙教材。

新京报：2001 年以来，杨尚昆、李岚清、李鹏、钱其琛等国家领导人先后出书,都引起了广泛的影响,你认为这种趋势说明了什么问题?

黄书元：保守地说,《朱镕基答记者问》我们预计发行会突破 100 万册，而这是在“低调”的前提下，没有做大张旗鼓的宣传，没有作者的签名售书等活动的前提下。从目前反馈的情况看，该书在发行的第一天就登上了当当网、卓越网和西单图书大厦、王府井图书大厦的排行榜第一名，这充分说明了民众对这方面的图书是很期待的。而领导人出书升温的大趋势，也说明了满足民众知情权的重要性。

(2009 年 9 月 5 日刊发，记者：王爱军　高明勇)

警惕社会阶层的固化

杨继绳

新华社原高级记者，中国新闻学院教授。

（图：赵亢）

背景

2011年《南方周末》曾发问：穷孩子没春天——寒门子弟为何离一线大学越来越远？

清华大学人文学院几位本科生在清华2010级学生中做的抽样调查显示，农村生源占总人数的17%，可在当年的高考考场里，全国农村考生的比例是62%。

“社会阶层固化”的话题再次浮出水面。而新华社原高级记者杨继绳的《中国当代社会阶层分析》一书最新修订本已经出版，该书对农民、农民工、工人、私有企业主、知识分子、官员等社会群体进行了分析。

为此，新京报记者围绕“社会阶层的流动与固化”专访杨继绳。

开放社会需要“阶层流动”

新京报：为什么会关注到“阶层流动”这个问题？

杨继绳：一个人的社会地位不是终身不变的，一个家庭的社会地位不是世世代代不变的。人们社会地位的变动称为“阶层流动”。

人们都希望向上流动，人往高处走，水往低处流嘛！社会流动通畅使处于底层的人们有进入上层的机会，有希望，有盼头，因而化解阶层矛盾，有利于社会和谐。如果下层的人们看不到上升的希望，不满情绪就会增加，就会产生一种社会张力，张力积累到一定程度，就会造成社会震荡。

可以说，阶层流动是社会和谐的重要保证。

新京报：社会流动和哪些因素有关？

杨继绳：决定一个人地位有两种因素，一个是“先赋性因素”，即靠家庭背景；一个是“后致性因素”，即靠个人努力。先赋性因素作用太大，这个社会的流动性就小，继承性就大，也就是世袭性强。

从宏观来看，一是重大制度和政策变革；二是工业化、城市化和产业结构升级；三是个人努力。

1949年的政权变更和此后的“社会主义改造”、计划经济体制的建立等，每一次重大制度变动，都有一批人社会地位上升，一批人社会地位下降。1978年开始至今的改革开放，又是一次因制度变化造成的大规模社会流动。工业化使大批农民变成工人，城市化使大批农民变成了市民，产业结构升级使大批蓝领变成白领。

个人努力在多大程度上决定其社会地位，也与制度有关。“先赋性因素”起作用太大的社会，是一个封闭性社会。“后致性因素”起作用大的社会，才是开放性社会。

两种制度相比，前者是落后的，是改革的对象。

警惕社会阶层的固化

新京报：你曾提出“集体世袭”这一概念，这和“阶层固化”什么关系？

杨继绳：从社会学的角度来看，社会阶层固化就是社会地位世袭（也可以称为继承）的另一种说法。

社会阶层世袭，不是个别人的世袭，而是集体的世袭。有人以为集体世袭是指官员子弟的，实际上我说的是一种宏观的社会现象。官员子弟也是独立的公民，他也有自由选择职业的权利。问题的关键在于，他们当官、经商，是不是借助了父兄掌握的公共权力。经济市场化了，很多领域，公共权力的运作方式还保持计划经济时的状态。权力高度集中，政企不分，大量的经济活动需要官员们审批。对经营者来说，得到了批文就得到了财富。在这种情况下，与官员有关系的人，是接近审批权的通道，他们就成了一种极为宝贵的重要资源。官员子弟最接近权力，他们亲自出马经商，很快就成为富翁。

新京报：实际上是一种交易。

杨继绳：因此，只要权力参与市场交易，只要干部选拔缺乏民主制度，官员子弟即使老老实实地待在家里，也会有人千方百计地找上门来。官员子弟依靠权力升官发财的利益机制是这样运行的：公共权力参与市场交易→要升官发财必须亲近权力→拉拢官员子弟，让官员子弟升官发财→让官员子弟升官发财者，自己升更大的官发更大的财。

我提出“集体世袭”时候还没有“官二代”的说法。

教育不公阻碍“穷二代”向上流动

新京报：那么，“穷二代”是怎样形成的呢？

杨继绳：“穷二代”也是一种世袭，是被迫的世袭。教育是提高人们社会地位的重要阶梯。所以，教育公平是带有基础意义的社会公平。教育资源分布很不均等，农村和城市，市区和郊区，东部和西部，教育资源差别很大，处于西部的或者农村的孩子很难受到好的教育，在城市里的边缘，也受不到很好的教育。

统计数据表明，近年来，大学来自农村的生源减少，来自城市的生源增加。从综合情况看，高等阶层的子女比低等阶层的子女有更多的受教育机会和更优越的受教育条件。弱势阶层的子女获得教育机会要少得多，受教育的条件要恶劣得多。

教育不公平将会使得低阶层的下一代很难向上流动，使社会不平等向下一代延续和发展。“穷二代”就是这样形成的。

新京报：贫穷家庭的孩子，在高考不公平的情况下，即使考上好大学，毕业后也很难进入高阶层。

杨继绳：是呀，原来都相信“知识改变命运”，现在，由于中上层社会地位的职务被世袭了，所以现在即使得到高的学位，也难找到好的工作，知识改变命运经常行不通了。

工农子弟的大学毕业生能够找到一个低级职位，那就谢天谢地了。最近两年出现了“蚁族”一词，所谓“蚁族”，就是指“大学毕业生低收入聚居群体”，他们的特点与蚂蚁很相似：高智、弱小、群居。好不容易考上大学的穷人孩子，有的用尽了家庭的积累上学费用，甚至欠了债，大学毕业后他们面临的紧迫任务是拿工资还债。一旦找不到工作，他们的家庭就陷入了困境。中国的高等教育不仅未能成为“中产阶层的孵化器”，却使得一些贫困者更加贫困。所以，现在很多人弃考，不参加高考了。

新京报：上世纪80年代的时候，从低阶层流动到高阶层的比例，高出上个世纪90年代以后至今，这个变化是怎么发生的？

杨继绳：20世纪80年代中国社会阶层流动快有制度改变的原因，即改革开放。随着改革开放，政治身份的废除，私有经济的恢复，个人自由度的扩大，创造了大量提升社会地位的机会。

就个人提高社会地位的因素而言，上个世纪80年代，后致性因素起的作用比较大，先赋性因素起的作用比较小。到上个世纪90年代中期以后，后致性因素下降，而先赋性因素扩大，即世袭问题开始变得严重了。

为什么先赋性因素加强了？经济市场化了，行政权力不仅保持着计划经济的状态，还有强化的趋势。计划经济的上层建筑和市场经济的经济基础不匹配。再加上市场经济还不完善，有很多可以权钱交易、权权交易、权色交易的漏洞。权力进入了市场，控制了市场，就形成了阶层世袭的利益机制。

“矛盾”从农村移到城市

新京报：还有农民工二代的问题，你曾说他们忍受歧视和不公平待遇的心理没有原来老一代人那么强。为什么？

杨继绳：如今，在一些大城市，农民工成了城市不可或缺的重要力量，离开了农民工，社会生活就要瘫痪。但是，他们不能融入城市主流，被迫处于边缘地位，处于城市社会的底层。

新京报：大量的“农二代”生活在城市里，如果城市不能接纳他们的话，恐怕也会产生不和谐，甚至是更严重的社会问题吧？

杨继绳：原来的城乡差别没有因农民进城务工而消失。不仅在职业选择方面，无法与城市居民享受同等地位，而且在住房、医疗、劳动保险、就业稳定性、孩子教育等一系列方面，都无法和城市居民相比。甚至有些地方，每逢重要节日或重大活动，还要粗暴地侵犯农民工的人权：将他们赶出城市。两个不同的社会群体同在城市的屋檐下，而且很不公正地处于极不平等的社会地位，这个屋檐下是很不安全的。

现在的农民工基本队伍是“农二代”。他们受过初中以上的教育，眼界也比较开阔，他们遇到难以忍受的不公正，就会发出自己的声音或采取行动，一些群体性事件由此发生。

新京报：城市怎样接纳“农二代”呢？

杨继绳：从长远看，农民工成为城市居民是不可逆转的大趋势。为了使几亿农民顺利完成进入城市的过程，当前应当做的是：（一）构建城乡一体化就业体系。（二）健全农民工权益保障制度。（三）强化农民工输出地和输入地培训。（四）稳妥解决农民工户籍问题。（五）逐渐解决农民工在城市的住房问题和子女教育问题。（六）扭转对农民工的管理的指导思想，由防范和管制式的管理改为服务和接纳式管理。

我们不能等待漫长的城市化来化解面临的矛盾，必须从制度上、政策上采取措施，迅速消除“二元城市”（一元是原有城市居民，另一元是进城务工农民）里极不平等的状况，给农民工以社会公正，给城市居民以安全。最近几年，社会上一直在呼吁提高农民工的待遇，政府现在也采取了一些措施，但这些措施的力度远不足以缓和面临的尖锐矛盾。

“阶层固化”易产生社会摩擦

新京报：《中国当代社会阶层分析》是研究社会公平的，阶层固化也是不公平吧？

杨继绳：当然是。阶层固化是社会不公的重要方面。如果个人怎么努力都无法提高社会地位，家族地位世袭，哪有公平可言？一个有合理阶层流动的社会是有弹性的社会，一旦固化，社会就失去了弹性。玻璃是没有弹性的，一有震动就会破碎。所以，阶层固化的社会是容易破碎的社会，是不能经受震动的社会。在日常表现中就是阶层摩擦、阶层冲突。

新京报：当前流行的“仇官”、“仇富”的社会心理是不是不公平造成的？

杨继绳：我是不同意“仇官”、“仇富”的，因为官中有好官，富人中有很多是靠自己的努力而致富的。实际上，人们仇视坏官，对好官还是尊敬的。袁隆平有钱，人们不仅不仇视，反而高兴。因为他的发明对社会贡献大。人们仇视的是那些得到不义之财的人。

当今，利用公共权力为个人谋得的财富，就是不义之财，这跟偷盗没有什么两样，甚至更恶。

“仇官、“仇富”的社会心理是怎样产生的呢？“仇官”的背后是官民矛盾；“仇富”背后是劳资矛盾，如果是靠权力发财的，也是官民矛盾。官民矛盾的主要方面是某些官员的为所欲为。为什么一些官员能够为所欲为？这后面就有制度性原因：权力不受制衡。当然，资本过度肆虐，其背后也有一个资本不被驾驭的制度。

在这种制度下，权力的扩张和资本的贪婪恶性结合成为社会强势，这种强势为了保持和扩大既得利益，就阻碍社会合理流动，于是就出现了“官二代”、“富二代”和“穷二代”。“仇官、“仇富”的社会心理就是这样形成的。“仇官”、“仇富”会加剧社会震动，表现为规模不断扩大、数量日益增多的群体事件。

“阶层流动”需要新思维

新京报：你曾谈到，阶层固化会影响社会稳定，那么，怎样保持社会稳定呢？最近两年，中央一再强调社会稳定，一再提出加强社会管理，又会产生怎样的效果？

杨继绳：谁都希望稳定，谁都不希望动荡，关键是通过什么样的方式来稳定。

通过改革，原来集中于中央政府的许多权力，正在向各种利益集团、自治团体以及独立承担风险的个体身上转移。因此，社会稳定的支撑力量也开始分散。

这样，政府的主要作用不在控制，而在协调和规范。政府要把不同阶层的利益协调起来，要创造各种条件使各阶层沟通、协商和妥协，政府规范市场，创造公平的竞争环境，并在市场失效的环节和场合显示政府的作用。

其中，保证社会公正是政府的重要职责。利益多元化以后，要允许各种利益主体表达自己的意见，这样才能相互沟通，通过沟通达到理解、协商和妥协。大众传播媒介是重要的沟通渠道，保持这个渠道畅通无阻，就是保持社会稳定的必要条件。

新京报：很多底层民众缺乏利益表达渠道，这恐怕不利于维持社会和谐稳定吧？

杨继绳：是的。如果堵塞言路，各个社会群体无法表达自己的诉求，不同阶层之间缺乏沟通渠道，这当然是造成社会不和谐的重要因素。言路不畅，只好通过群体事件这样激烈的方式来表达诉求。

现在有些地方政府花钱，不是解决影响稳定的社会问题，而是用来阻止和打击老百姓上访。地方政府没有足够的精力"截访"，私人办的"保安公司"就应运而生。这些保安公司和一些地方政府签订合同，通过暴力强制，限制上访者自由并押送返乡，向地方政府收取佣金。

新京报：如你所言，仅仅采用社会控制的手段来维持稳定并不足取。那么，应当怎样保持社会稳定呢？

杨继绳：现在的情况是，高压锅里压力正在增加，你是慢慢放气呢，还是再拧螺丝呢？如果采取传统的稳定思维，就是拧螺丝，如果采取新的稳定思维，就是放气减压。拧螺丝可能暂时稳定，到一定时候可能就要爆炸了，所以还是要减压，即采取向低层倾斜的再分配政策，减弱不平等程度等。

当然，放气减压也只是暂时措施。最根本的是要釜底抽薪，从制度上解决社会不公问题。

当今中国人不得不面对两个现实：公权部门尚未得到有效的约束与制衡，资本力量尚未得到有效的监管与驾驭。这样，不断扩张的行政权力和追求利益最大化的资本，共同施压于普通大众。这是社会尚不公正的制度根源，也是当今一切问题的渊薮。

所以，要解决中国的社会稳定问题，就要将公权部门和资本力量纳入到更为有效的监管体系之中。而制衡公权和驾驭资本，就需要建立一整套制度体系，这就是现代民主制度体系。

（2011 年 8 月 13 日刊发，记者：张弘）

城镇化要避免『大跃进』

周其仁

北京大学国家发展研究院教授。

（图：薛珺）

背景

据中国社科院2012年发布的《城市蓝皮书》，2011年人口城镇化率达到51.27%，城镇常住人口首超农村常住人口，被视之为中国社会的一个转折点。但也有学者质疑,有相当部分“城镇人口”是“被城市化”的，从统计资料上看他们是城市人，但福利、住房、教育等都是农民工式的。

时任国务院副总理李克强在一次考察调研时强调，中国的城镇化要走集约、节能、生态的新路子，着力提高内在承载力，防止违反规律“人为造城”，以免出现“有城无市”和唱“空城计”，要为农业现代化创造条件、提供市场，让新型城镇化与农业现代化相辅相成。

该如何评估中国当前的城镇化进程，是否存在违反规律的“造城”，下一步又该如何推进一个健康的城镇化？新京报专访北京大学国家发展研究院教授周其仁。

现状：城镇化“重地轻人”

新京报：政府最近大力推进城镇化，就你的研究而言，“城镇化”该如何定义？健康的城市该有怎样的指标来确立？

周其仁：城镇化首先是人口居住模式的变化，从乡村地区向城镇聚集。简单来说，多少人住在乡村，多少人住在城镇，这样一个比例就称为城镇化率。而城镇的特征就是人口密度比较高，经济密度也比较高。

新京报：你在最近的一次演讲中提出，城市化在本质上是自由及其权利保障的函数。有自由及其权利保障的发展，才有城市文明，才有城市形态的物理外观。但是追赶型的后发国家推进城市化，很容易倒因为果，把城市化的物理外观当作根本，以为占农地、盖大楼、上项目就是城镇化。按照相关数据，中国城镇化率已经超过51%。在这过程中，是否存在你所说的“倒因为果”的问题？

周其仁：后发优势也很容易变成后发劣势。这些年我们经济中确实出现一种苗头，把城镇建成区，把城区面积扩大，以为这就是城镇化。如果仅把城区面积扩大，相应的人口却没有有效积聚，也没有因此增加收入，扩大城区有什么用？不要简单化了，以为城镇化就是高楼大厦、地标建设、大型公共设施等，这些当然要有，但前提是人和经济活动的积聚。

新京报：一些地方为了把人“凑”到城镇，出现过“逼农民上楼”

的现象，你怎么看？

周其仁：收入能增加，你不让人家积聚，他住地下室也要来。收入的机会不增加，强搬到一起晒太阳，就不得人心了。所以发生“逼农民上楼”，这实际上还是追求“物理外观”。农民进城不可能一步登天，需要一个过程。

重视物理外观的城镇化很容易造成一个现象，就是“土地城镇化”快于“人口城镇化”。

之所以会发生这种现象，和我们国家转型时期产权制度、户籍制度、城市管理制度等，对权利的安排不合理有关。

比如，原来是农民的地，政府如果有新的用途，就要给人家一个交易的机会。即便是搞公共设施征用，也要看补偿合理不合理，补偿标准能不能弥补机会成本等。更何况很多情况下政府把农民的土地征来商用，为了赚钱，这个从公理上就讲不通。

其实，土地的问题和改革的问题是连在一起的，不改革就不可能有健康的城镇化。要把改革放到城镇化的核心，这样才能走出健康的城镇化道路。

教训：不能迷信行政权力和命令

新京报：你提出“城镇化应该吸取国家工业化的教训”，这个教训是什么？

周其仁：后进国家容易从结果、从物理外观看问题。看人家船坚炮利，我们就上“钢铁”。这么做似乎没错，某种程度上也有后发优势，看人家怎么对就怎么学，但往往会“知其然而不知其所以然”。别人的钢铁是怎么造出来的，需要哪些东西来配合，炼出来的钢怎么用，其实是很复杂的专业分工的协调过程。

我们当年的教训是什么？想用党政的力量，下命令、搞群众运动、单一地想把国家的钢铁产量搞上去。结果受到一次重大的挫折，这就是“大跃进”。

新京报：具体到城镇化，这种教训该怎么规避？

周其仁：国家工业化布了很多局，定了很多点，后来绩效不佳，最后还是改革，又加了一个“再工业化”，就是开放民营准入，才使中国的工业、制造业有世界工厂之地位。这说明，物化指标重要，但体制机制更重要。

城镇化推进过程中也存在体制机制的问题。因为城镇化一开始都是政府绝对主导，做规划、划地、拿地、筹资、批项目等等，全靠政府。苏联计划时代的城市化也是如此，修了好多城市，但布局太主观，与人口与经济积聚的实际去向背道而驰，结果不少城市严重缺乏活力。别人有高楼我也修高楼，别人有地铁我也修地铁，这不是有活力的城镇化。

此前媒体报道过“鄂尔多斯鬼城”现象，和房地产泡沫有关系。但也不仅仅是房地产，一些地方的很多领域都有“鄂尔多斯现象”，很多基础设施很宏大，但没有人气，空空如也。很多仿鸟巢的建筑、音乐厅、大学城、体育馆，你靠近看一看，没有活动，没有流量。那样的“投资”，靠什么来背？

新京报：也就是说要改变这种政府绝对主导的决策机制？

周其仁：工业化扭转过来靠“再工业化”，即以民营为主的工业化，否则我们早年的工业救国梦想很难实现。我们过去那么多工业部门，里面很多专家官员，也是呕心沥血，这是不能否定的，但结果还是不尽如人意。我们工业布了多少点，比如汽车工业，但最后还是市场里的民营企业才真正打出名堂。

过去国家工业化的出发点，甚至“大跃进”的出发点都没有错，但效果与意图脱了节。主要就是体制机制不对头，过分迷信物理外观，过分迷信行政命令。一切自上而下，以为指哪儿就一定打哪儿，不容许经济有一个自发的过程。这就是主要的教训。现在要说，盖错一个工厂纠正还比较容易，但造错一个城市，纠错代价就高了去了。

建议：发挥“民办、市场元素”作用

新京报：你也提出“增加城市化进程中的民办元素和市场元素”，“民办元素”和“市场元素”主要指什么？

周其仁：举个例子，有些城市修了很多体育场，修起来后完全可以通过招标方式给民营机构去管理。最好修的时候就开放竞争。全靠行政机构来搞，他们决定盖还是不盖？

所以，不能所有事情都是政府来做，不适合政府做的就应该退出来，允许民营力量更积极地进入到城市建设中。香港维多利亚港的一个新隧道就是一家公司修的，通过招投标选择公司，香港特区政府把收费权给它若干年，这种体制就好一些。一个公司接手了，做错了市场要处罚它并要承担财务责任。

如果全部靠行政机制，用纳税人的钱、银行的钱，修好建筑、盖好楼却没人来，他们也不大管，谁来买单啊？

新京报：这些“元素”在城镇化进程中发挥作用，之前有成功的案例吗？

周其仁：譬如民办的工业园区，大型居民住区、城市综合体等等，几万人甚至10多万人，也可以民营、民办、民管，搞得人气很旺的。这其中当然该政府管的还是政府管，如刑事案件等，没有政府当然不成。但很多社会性的、经济性的公共事务，不是非官就管不好的。深圳有个天安数码城，还有一个华南城，都有新鲜经验，可以研究、提炼。

北京的中关村也值得研究，当然它有政府的管委会。中国很多开发区都靠管委会来管，是政府机构，但又很像公司，没有“四大班子”那样高度行政化的体系。这里也有经验可以提炼。

我们很多镇已经有几十万人口了，但建制上还是镇。为什么？一旦设市，就要四大班子了，行政负荷太重。其实小城市，可能一个管委会就可以了，发挥民间的积极因素，由下而上地发挥管理作用。小区的业主委员会可以选举产生，小城市的管委会为什么不能选举产生？

出路：城镇化也要把权力还给民众

新京报：就世界范围看，城镇化还有什么样的经验教训？

周其仁：后发国家采取计划思维，容易有同样的问题。发达国家会好一点，他们城镇化时间拉得长，没有这么快速。我们现在处于加速度状态，一错就会很严重。

我们还有一个严重的问题，是官员短期行为，一个城市的领导，干个两、三年就升了，留下个窟窿给下一位。我问过一些官员，举很多债，怕不怕还啊？他们说不怕，因为凡是到任之前的债，他是绝不会借的！这一来当然很容易出问题。

新京报：你也说过，现行的城市体制，比过去计划经济时代的工业体制，似乎更依赖于行政权力、行政命令和行政审批。政府在城镇化过程中该怎么合理界定自己的位置？

周其仁：政府的功能很重要，但这把“刀”得用到合适的地方，不能乱用。政府在城镇化过程中的作用可以降低一点，不要什么都冲在最前面。政府起到的作用，一是集合信息，帮助大家借鉴先行者的经验；二是把规划做好；三是市场和民间实在不能做的，政府应该兜底，一旦市场有条件做了，要及时放手。

国外有一些民办的城市，美国就有以公司注册的城市，相当于一个非营利法人。城市就是一个非营利机构，有什么不可以？当然，里面不是“独立王国”，该政府管的还是政府管。

上世纪80年代温州有个地方叫龙港，当时说靠农民自办小城镇，但不为体制所容纳，只好行政化了。其实应该允许探索，城镇化不一定加重行政化的负担。所以，对于城镇化过程，应该认真研究公司体制和党政体制的结合。什么是党政该管的，什么是可由公司体制、非营利法人组织来办的，可以仔细研究，更要允许大胆实践。

（2013年1月26日刊发，记者：兰燕飞）

■ 链接

城镇化是扩大内需的最大潜力

我国城镇化率刚超过50%，如按户籍人口计算仅35%左右，远低于发达国家近80%的平均水平。差距就是潜力。

从现代化发展规律看，今后一二十年我国城镇化率将不断提高，每年将有相当数量农村富余劳动力及人口转移到城市，这将带来投资的大幅增长和消费的快速增加，也会给城市发展提供多层次的人力资源。但城镇化不是简单的人口比例增加和城市面积扩张，更重要的是实现产业结构、就业方式、人居环境、社会保障等一系列由“乡”到“城”的重要转变。

我们要积极稳妥地推进城镇化，注重提高城镇化质量，科学规划城市群规模和布局，促进大中小城市和小城镇合理分工、功能互补、集约发展。同时，努力为农民工及其家属提供基本公共服务，使农民能够转为市民。展望未来，城镇化是我国经济增长的巨大引擎。

——摘自李克强发表于人民日报的文章《认真学习深刻领会全面贯彻党的十八大精神促进经济持续健康发展和社会全面进步》

■ 微评

网友眼中的“城镇化”

@赵现_SpenZhao：所谓城镇化，就是吸引更多人到中小城市去生活，做到这一点的关键是要提高中小城市的幸福指数，缩小中小城市与大城市间的差距。

@潘孝敏：真正的城镇化，是人的城镇化，需要一系列配套，比如医疗、教育、社保、户籍等。

@夏效鸿：城镇化绝不是农村城市化、农民市民化、住宅楼宇化，而是要注重不同环境、文化、产业、生活方式，不断改善支撑产业、人居环境、社会保障，建设各具特色“一镇一品”的风情小镇、产业集镇等，使得白天能见繁华产业，夜晚再现鸡犬相闻的田园风光。如果把千城一面的城市模式复制到农村，可以说城镇化就失败了。

@虫小猫：城镇化就是把农民赶出宅基地，自己把一辈子攒的钱掏出来买个小楼房，去地里干活的农具没地方放，离自己的农田越来越远，没有地方种菜了。敢问这就是城镇化？谁敢说这就是城镇化？

@金矢：最近一些基层政府官员到京打听，中央的城镇化政策有什么内容？是否又要有一轮新的项目上马？看来对城镇化的理解各有不同。习惯于大拆大建、上项目、建新城的城镇发展思路也许遇到了挑战，可是因此种做法而得到升迁的官员，能改变自己的习惯性思维吗？

@韩玉砚：不是每个城市都能成为北京。当没有盈利和可持续做预期保证，造新城必然很危险。由此也可以提醒众多不具备大发展条件的地方政府，保持一定的冷静。其实，在美丽中国、生态文明建设理念下，中国的新一轮城镇化需要更多有特色、有生态的中小城市。

@刘晓光：社会科学院的郑秉文讲破解中国式收入分配难题。有的农民工在城市打工二三十年，孩子都15、16岁了，生活已完全融入城市。对改革开放35年来进城的2亿常住人口，为他们提供均等的公共服务，包括社会保障制度，是启动下一阶段城市化进程的前提和起点，是做实当前虚高城市化率的一个重要路径，是一次“还账”。

救助动物，就是在救助人

彼得·辛格

国际伦理协会原主席、美国普林斯顿大学和澳大利亚墨尔本大学教授。

（图：曹保印）

背景

近几年，动物保护事件不断进入公众视野，并成为媒体报道的热点、公众争议的焦点。实际上，这是21世纪迅速发展的环境伦理学在中国的落地与萌芽，是中国将道德关怀从人际间扩展到人与自然间的伦理变革。

事实上，这种环境伦理变革，早就在世界上产生了广泛影响。这其中，“动物解放”的概念深入人心，并成为30年来风起云涌的动物权利运动最为响亮的口号。提出这一概念的，是曾任国际伦理协会主席的国际著名伦理学家彼得·辛格（Peter Singer）。

1973年4月5日，彼得·辛格在《纽约书评》上撰文，首次提出“动物解放”（Animal Liberation）。随后，他在此文章的基础上写成《动物解放》一书。该书自1975年出版以来，被翻译成20多种文字，在几十个国家出版，其中英文版重版26次。“动物解放”论，由此成为世界动物伦理研究中影响最大、争议最多的主要理论。

现同时任教于美国普林斯顿大学和澳大利亚墨尔本大学的彼得·辛格教授首次来华访问。新京报独家专访彼得·辛格教授，邀请他就活熊取胆、取消动物表演、高速路救狗、哈尔滨市养犬管理条例、激素奶牛等典型动物保护事件，发表看法。

无动物表演：城市文明的新高度

新闻事件：2012年4月14日，中国动物园观察小组、它基金、达尔问自然求知社等志愿者团队及公益组织，邀请多名专家、政协委员等，针对动物园和马戏团虐待性动物表演等情况展开探讨，倡议让北京成为无动物表演城市。

新京报：最近，有不少学者和动物保护组织提出，倡议让北京成为无动物表演的城市。对此，你怎么看？

彼得·辛格：这是非常好的事。实际上，动物表演已经成了一个符号，象征着人类对动物的强制和控制。在所有的动物表演中，动物给人类表演的各种小戏法，大都不是它们的自然行为，都必须经过一定的训练。在训练的过程当中，如果动物做得不对，就会对动物加以惩罚。这样的惩罚，会让动物感到痛苦。比如，使用饥饿训练法，动物做得好了，就给食物吃；反之，则不给。有的动物，还常常会被鞭打。取消动物表演，则表明人们对动物更友好、更懂得爱护它们。

新京报：就你所知，其他国家大城市的学者和动物保护组织，有没有提出过类似的倡议？

彼得·辛格：类似的倡议非常多。在西方，动物的表演主要集中在马戏团，在动物园里的表演是很少的。我本人在20年前就参加过这样的倡议活动，后来又参加过很多次。一开始，我是在澳大利亚倡议无动物表演，后来是在欧洲，再后来是在美国。现在，在世界各地，倡议无动物表演的活动越来越多。

新京报：对这个倡议，有很多人表示，让动物"钻火圈"这类表演确实危险，然而海洋馆开放动物表演并不是坏事，人们尤其是孩子可以通过看表演的方式了解动物，从而知道如何保护它们。

彼得·辛格：对鲸鱼和海豚这样的动物，你没有办法让它们在海洋馆里满足自己的自然需求。因为根据它们的习性，它们通常需要游很长很长的距离，这是它们的自然生活。在海洋馆的池子里，它们是不可能拥有这样的自由的。它们在海洋馆里生活得很压抑。

我不相信通过看被监禁的动物为人类表演，能够使孩子获得对待动物的正确态度。实际上，如果孩子想要了解海豚，可以看海豚在自然的环境当中真实生活的录像。要获得对动物的了解，最重要的是要看在自然状态下生活的动物。比如说，可以去观察大自然中的鸟类。

我发现，北京就有很多鸟，它们在枝头自由地飞落。我不知道在北京是否还有其他这样自然生活的动物，比如，在澳大利亚、美国，你经常可以看到松鼠，孩子们可以去观察它们。像这样，既让动物在自然的环境里生活，又将它们的生活加以保护，这样就可以实现人类和动物的近距离接触。对动物爱护的意识，是要通过观察不受监禁的、自由行为的动物的自然"表演"来获得。

新京报：北京海洋馆负责人表示，海洋馆所安排的表演很"人性化"，如果这只海豚今天状态不好，则会用另一只状态好的"同事"替换，从不强迫海豚表演。每只海豚的表演项目都是根据海豚的特长来安排，比如这只海豚喜欢跳跃，则安排它做空中跳跃的表演。对这种说法，你怎么看？

彼得·辛格：对海豚来说，在这种情况下，问题并不一定是身体上的疼痛。我担心的是，海豚在不表演的时候，它们在做什么？海豚在表演的时候，也许是快乐的，但是，在不表演的时候，就会非常无聊，什么事情都做不了。无论海洋馆做得多么"人性化"，对于海豚来说也不是自然的环境；海洋馆的池子再大，对海豚来说，都是小的。池子再大，也大不过真正的海洋。

新京报：2010年，国家林业局、住房和城乡建设部曾发布《关于进一步加强动物园管理的意见》等文件，要求禁止动物表演和野生动物与观众零距离接触活动，但两年后并未禁止。相关负责人表示，《意见》是规范性意见，不能作为执法依据。那么，这种“不能作为执法依据的、政府部门的规范性意见”，在西方会有吗？

彼得·辛格：在西方，也有这样的由政府部门出台的建议性条例。因为，针对一些问题，很多法律并不是规定得十分精确，所以，政府部门就会出台一些条例。如果遵守了这些条例，就不会被起诉；否则，就可能会被起诉。但是，人们一般不会违反条例，而会自觉地尊重它。如果条例不能被很好地执行，它的危害就会很大。

新京报：如果北京真的成了无动物表演的城市，它对北京的形象，将会有什么样的影响？

彼得·辛格：如果真的如此，它不仅会对北京这个城市的形象，而且会对整个中国的形象，都会有非常好的影响。它体现着一个城市新的精神，新的文明高度，也体现着一个国家新的精神，新的文明高度。现在，世界上有越来越多的城市，正在努力成为无动物表演的城市，北京需要跟上来，中国也需要跟上来。

活熊取胆：合法，但未必合伦理

新闻事件：2012年2月1日，中国证监会创业板发行监管部公布IPO申报企业基本信息表，在这份名单中，从黑熊养殖到熊胆系列产品的研发、生产、销售为一体的归真堂赫然在列，被排在第28位。2月14日，动物保护公益基金会“它基金”联名72位知名人士，向中国证监会信访办递交吁请函，反对归真堂上市。

新京报：针对归真堂活熊取胆，中国近期曾掀起了一场动保风暴，你知道这件事吗？

彼得·辛格：我知道。在西方，有一些媒体对这个事情有所关注，特别是电视报道，还有网络上的录像，让我基本上可以看到这些熊的状况。它们身上有伤口，有的还穿着铁马甲，在西方，尽管不是每个人都知道，但是，大部分关注动物福利的人，注意到了这个问题。

在我听说过的关于虐待动物的事情上，活熊取胆是非常残酷的一个。中国公众对活熊取胆坚决反对的态度与做法，非常令人高兴。

新京报：你了解到的情况，和归真堂说的不太一样。归真堂认为熊生活得很快乐，有专门的游乐场，“熊快乐得像幼儿园的孩子一样”，而且没有穿铁马甲。这也是归真堂反驳公众的理由之一。

彼得·辛格：我自己并没有看到现场，所以，尽管就具体事件而言，归真堂的熊场可能有所改进，但是，对熊来说，这实际上并没有根本性的改变。因为熊是个头非常高的动物，它需要很大的空间来生活或活动，归真堂并没有真正做到让熊自由地生活，有利于熊自身的需要。

判断熊真正处在什么样的状态，不能是归真堂的声音，也不能是支持者或者反对者的声音，而必须是独立机构的声音。这样的独立机构，必须要有动物行为专家的参与。专家用自己的专业意见，判断熊的状态，这很重要。

新京报：针对活熊取胆这件事，有人在美国一家名叫“改变”的网站，看到了征集签名的调查，结果发现，只有很少人关注动物保护。在中国，这反而成了大众关注的焦点。这是为什么呢？

彼得·辛格：不能做这样的对比。在美国，公众更关注自己身边的事，而不是国外的事，这是比较自然的。美国人对发生在外国的虐待动物的事不是特别关注，并不能说明他们的动物保护意识不强，而是和它不是发生在自己国家有很大关系。

事实上，美国有很多统计证明，如果虐待动物的事情发生在美国，当地的议会和政府会收到大量的抗议和要求严惩的信件，并且，这些信件会在短时期内急剧增加。在美国，对动物虐待的事情，公众的认可度比较高，那就是绝不能对动物施以虐待。

新京报：归真堂的董事长曾说：“反对我，就等于反对国家。”在澳大利亚和美国，面对公众的批评，企业负责人会不会说出类似的话？

彼得·辛格：在美国，公众批判大公司非常正常。合法的，不一定就是符合道德的，不一定就是符合伦理的。4 年前，我曾有一个非常好的朋友，就是在反对两个大的化妆品公司，一个是雅芳，一个是露华浓。这两个公司涉嫌用动物做实验，非常残忍。在这两个公司中，没有任何负责人敢说“反对我，就等于反对国家”，但是，他们也会为自己辩护，强调自己对当地的经济、就业等所做的贡献。因为他们知道，一旦公众反对的声音太大，自己就会失去市场。所以，最终他们还是妥协了，因为他们不想因此而失去市场。

新京报：记者和归真堂负责人曾有这样一段对话，记者问：你难道不知道熊痛吗？归真堂负责人答：你又不是熊，你怎么知道熊痛？记者又问：你也不是熊，你怎么知道熊不痛？这似乎成了哲学问题。因为中国人爱说“子非鱼，焉知鱼之乐”。

彼得·辛格：熊痛与不痛，这不是哲学问题。西方社会也有这种辩论，特别是在集约化养殖的问题上，辩论得很激烈。实际上，动物不只是能感知肉体上的痛苦，也能感知精神上的痛苦，比如是不是受压抑，生活是不是非常单调，有很多不同情感状态的表现。

在欧盟，针对这样的辩论，设立了科学兽医委员会，由委员会来判断动物是不是承受了精神上的压抑与痛苦，如果最后的鉴定结论是，动物确实承受了精神上的压抑与痛苦，那么这种情况就必须加以改变。比如，对于集约化养鸡，由于这个委员会得出的结论是肯定的，现在欧盟已经改变了此前的规定，在新的规定当中，每一只母鸡都要有更大的生活空间，都要有自己的巢来产蛋，使它整个的生存状况得到了改变。

新京报：像归真堂这样的企业，在澳大利亚会不会寻求上市？

彼得·辛格：西方不存在活熊取胆的事，所以，没办法具体评论。在西方，也没有类似的利用动物开发，来获取利益的企业。通常来说，如果公众认为某个公司的做法违背了伦理，就会向选举出来的议员提出自己的意见，并通过他们，去影响法律的修订，或者直接向政府投诉，有的还会对这类公司进行直接的抗议活动。

新京报：有人认为，活熊取胆是为了治病。如果保护了熊，人的利益却受到了损害，那么，就不能保护熊。在熊命与人命之间，人命更重要。对此，你怎么看？

彼得·辛格：关键在于，能否做到既救人，又不让熊受到伤害。在西方，测定某种药物是否有用，是要做对比实验的：用两组人，一组人用测试药物，另一组人用象征性的东西，看被测试的药物是否真的有效。

我非常支持中医药，只要它能真正对公众有益，就应该鼓励。但是，迄今为止，我还从来没有看到过这样的对比性测试。

哈尔滨养犬条例：应在狗活着时拥有狗

新闻事件：2012 年 4 月 1 日，黑龙江省哈尔滨市开始实施《哈尔滨市养犬管理条例》,《条例》规定：“居民养犬，每户限养一只，禁止饲养烈性犬、大型犬。”该禁令引起公众的强烈质疑，认为被禁养的种类过多，一些温顺的犬种也在被禁之列。同时，一些人对公安部门对居民已养大型犬的处置提出疑问，认为存在屠狗、虐狗行为。《条例》规定的 6 类犬只禁入区域，也同样引发公众的强烈质疑。

新京报：《哈尔滨市养犬管理条例》规定，凡是肩高超过 50 厘米、体长超过70厘米的犬类，一律禁养。对已经饲养的大型犬和烈性犬，居民可在当年5月31日～10月31日自行处理。11月1日之后没法安置的，可交公安机关留检所安置、饲养。对这种做法，你做何评价？

彼得·辛格：从原则上讲，有些大体型的犬，确实不适合在公寓里养。因为从动物保护的角度讲，大型犬需要大的生活空间，而公寓过于狭小。哈尔滨市的做法，实际上是让狗的主人被迫放弃狗。这是不合适的。由于和狗的长期相处，被迫让主人放弃狗，会让人感到痛苦。合情合理的做法应该是，让主人在狗的有生之年拥有狗。但是，也要规定，在此之后不能再养。

新京报：能简单用狗的个头大小，来判断其是否该禁养吗？

彼得·辛格：当然不能。有些猎狗，虽然个头小，但也很凶猛。所以，不能单纯用个头大小，判断狗是不是凶猛，是不是该禁养。

新京报：《条例》规定了6大类狗的禁入区域，如机关、企业事业单位办公区；学校教学区、食宿区，学前教育机构，医院，少年儿童聚集、活动的场所；影剧院、图书馆、博物馆、美术馆、体育场馆等公众文化娱乐场所；宾馆、饭店、商店；候车(船、机)厅等公共场所，但符合有关规定的除外；中央大街等步行街、休闲体育广场、绿化地带和公园。对此，你又有何意见？

彼得·辛格：只规定狗不可以去的公共场所，却没有给他们划出可以去的公共场所，这样的规定是很不合理的。狗需要自由跑动，在其他国家和城市里，是这样解决这个问题的，就是在公园里划出狗可以自由奔跑的特别区域，在这里，狗可以和其他的狗一起玩耍。在有的公园里，即便狗不能自由跑，但只要牵着，就没问题了。至于学校、医院，不同的国家和城市，有不同的规定，但只要有人牵着，除了特殊的地方，一般来说就都可以进。在西方，比较普遍的禁区是食品店，食品店不允许狗进入，而只能拴在外面。

新京报：餐厅可以进吗？

彼得·辛格：除了导盲犬，狗一般不能进入餐厅。

新京报：很遗憾，在北京，导盲犬也不能进入餐厅。

彼得·辛格：这是不应该的。导盲犬可以进入所有的公共场所。在西方，如果拒绝导盲犬进入公共场所，是要被追究法律责任的。

高速路救狗："狗道"和"人道"能兼顾

新闻事件：2011年4月15日，因怀疑待宰杀的狗系非法途径而来，

数百名动物保护志愿者、小动物保护协会成员，在京哈高速上强行拦截了一辆河南籍的运狗车辆。僵持15个小时后，最终，动物保护组织和志愿者出资11.5万元，将整车520条狗买下，连夜送往动物流浪中心安置。

新京报：在高速路上拦运狗车，这样的方式，是不是可行？

彼得·辛格：如果因为救狗，人可能会被伤到，我不希望这样的事情发生。这是危险的。可以用其他更安全的方式，既阻止动物被虐待，又防止人不被伤害。

新京报：针对这件事，有人说，此举是滥用私刑。你怎么看？

彼得·辛格：在西方，有这样一个相当长的传统和历史，那就是虽然行为的方式有道理，但却是非法的。对此，西方人称之为“非暴力不合作”，马丁·路德·金就是用这种方式达到反抗种族歧视的目的。虽然高速路救狗可能是非法的，但由于它是正义的，所以，要尽量采取和平的、非暴力、不危险的方式来做。

新京报：高速路救狗事件发生后，动保基金出钱买下了全部的狗。后来又发生了类似买狗救狗的方式。对这种救助方式，有人提出了批评，认为会刺激狗的买卖。你怎么看？

彼得·辛格：的确如此。如果出钱购买狗，是会刺激市场的，所以，这是不对的，也是不可取的。但是，如果证明这些狗的来源不合法，那么，临时通过购买去紧急救助，也是可以的。最关键的是，要从源头上阻止这类事情的发生，然后再开展后续的救助。当然，我并不是只关心狗，我关心所有的动物，比如猪。猪是非常聪明的动物。

新京报：有一种观点认为，中国还有很多穷人没有得到及时救助，动保志愿者却忙着去救狗。这是只讲“狗道”，不讲“人道”。

彼得·辛格：并不是如此。在我的经验当中，这两者可以兼顾。那些救助动物，为动物工作的人，常常也同样会去救助人。很多救助动物的人，常常会更加关注人类的贫困问题。反倒是那些不关注动物苦难的人，往往谁都不会关心，不管你是不是人。

新京报：有人说，人类还没有解放，就去提倡动物解放，是不是虚伪的，或者说，是不是过于超前了？

彼得·辛格：绝对不是这样的，不是虚伪，也不是超前。人类的问题是永远存在的，像美国这样的发达国家，也有贫困问题，也有种族歧视问题。如果要把人类的问题都解决完了，再去考虑解决动物的问题，这是不可能的。事实上，二者完全可以同时去做。这两个问题是相互促进的，那些关注动物的人，也会关注人，并不是相互矛盾的。

新京报：现在，世界上已有100多个国家和地区出台了反对虐待动物的法案，而中国只有《野生动物保护法》，关于猫狗之类非野生动物的管理法规，尽管一直在酝酿中，但迟迟未能制定。对非野生动物，是不是也要立法保护，包括集约化养殖的动物？

彼得·辛格：这个问题非常重要，非野生动物当然需要立法保护。圣雄甘地曾经说："从对待动物的态度上，可以判断出一个民族是否伟大，精神是否高尚。"因为动物是最弱势的，它们没有办法表达自己的意愿。我们需要保护野生动物，也需要保护所有的动物。

中国有非常好的保护动物的古老传统，应该把这种美好的传统，继承下来，发扬光大。中国现在的经济、社会发展速度很快，中国要对外展示自己的社会文明发展成果，要树立自己良好的国家和民族形象，特别需要尽快制定出台一个全面的动物保护法。

（2012年4月28日刊发，记者：曹保印）

坚信中国不会崩溃

（图：CFP）

（图：李华）

李泽厚

著名哲学家。

易中天

著名文化学者。

背景：易中天三见李泽厚

今天，恐怕没人不知易中天，但李泽厚呢？曾有文记载，李先生南下做客某书店，青年学子奔走相告："太好了，李泽楷要来了！"

人们真是善于健忘。李泽厚先生《美的历程》一书在上世纪80年代是何等受追捧，这位当选巴黎国际哲学院院士的中国人，曾是当年知名度最高的学者。

我们真的已走过李泽厚这座桥？

在李泽厚先生家中，他与易中天进行了一场对话，谈古论今，纵横捭阖。

李泽厚先生说，我们是第三次见面吧？

第三次？我一下子算不过账来。

先生说，是。上次是上个世纪90年代，在厦门。再上次，是上个世纪80年代，在武汉，你送我去火车站。当时我感觉你很压抑。

李泽厚先生的记忆力惊人。上个世纪80年代，我确实见过他。还跟刘纲纪先生一起，把他从武汉大学送到东湖宾馆。那时没有车，连出租车都没有，是走去的，权当散步。但我是"小字辈"，没有插嘴的份。因此，大抵是泽厚先生和纲纪先生，肩并肩在前面边走边谈。我跟随在后，算是"执弟子礼"。后来，上个世纪90年代在厦门，有过一次座谈，我也只是旁听而已。因为提问的是学生，我不便问；答疑的是先生，我也不便答。

第三次是2010年9月12日，我到北京来见先生。"80后"的先生身着燕居之服，神清气朗，腰板笔挺。

所以，这回见面，我就问得比较多，也发表意见（这些对话，《新京报》的赵继成已经整理出来发表，不再重复）。整个过程，仍然是我问得多，说得少；先生则谈兴甚浓，有问必答。论古今，谈天下，指点江山，臧否人物，直言不讳，口无遮拦。说到精彩处，妙语连珠，神采飞扬，旁若无人，让在座者无不暗自惊叹。

哈，李泽厚到底是李泽厚，湖南人毕竟是湖南人。于是想起他客厅里冯友兰先生所赠的那副对联：西学为体，中学为用；刚日读史，柔日读经。指着这对联，李泽厚先生不无得意地对我说：哈哈，都是反过来的。

确实都是反过来的。前人的说法，是"中学为体，西学为用"，和"柔日读史，刚日读经”。但让我景仰的，还不是那“反过来”，而是先生说这话时的神态。

于是得出“李泽厚印象”云——

居然宝刀不老，

依旧性情中人。

谈孤独：不喜欢扎堆、抱团

易中天：先生有孤独感吗？

李泽厚：当然有，而且比较强烈。人本是社交动物，有社交的本能和欲望，但我的个性是不太喜欢与人交往。我有3个先天性毛病，与此个性恶性循环：一是记不住面孔，这已有专文讲过；二是记不住声音，别人打电话我总要问“哪位”？有次包括我儿子，所以他现在总是先报上名来；三是记不住路。在上个世纪五六十年代则被扣过三个帽子，当时是很严重的，一是不接近群众，二是不靠拢组织，三是不暴露思想。

我曾在香港呆过一年，离开后没主动和任何人联系过，我在台湾呆了大半年，离开后没有任何联系，在国内、在美国也都大体如此，这是个性，从小见不得生人，总往后躲，大人骂我“出不得世”。几十年散步都是一个人，连太太也不让陪。一个是个性问题，一个是不符合革命时代要求的问题，两者性质不同，但也有联系。

易中天：我能体会。我为什么问这个问题，因为我自己也有这个问题。我其实不喜欢扎堆、抱团，也不参加什么组织和团体，反倒喜欢一个人呆着。至少，得有独处的时候。带个助理，走哪儿跟哪儿，我受不了；前呼后拥，人来人往，更受不了。

李泽厚：你现在是没有办法了，你走到哪里别人都能认出你来。我若这样会浑身不自在。几年来，我有了个“三可三不可”原则：可以吃饭不可以开会，可以座谈不可以讲演，可以采访、照相，不可以上电视。因为后者太正式，前者都属聊天，愿意聊什么就聊什么，随意得很。至于上电视，我想是“语言无味、面目可憎”。不像你易中天，风趣幽默，还一表人才，哈哈！

谈哲学：书生要有责任感

易中天：先生曾谈到对国内可能产生纳粹思潮的担忧，能否具体讲讲？

李泽厚：我在2010年7月去欧洲走了一趟，专门到波兰看了奥斯威辛集中营，这个地方我一直想去看，以前特地去华盛顿看过奥斯威辛集中营的一些实物资料，这一次想到实地去看看，这毕竟是20世纪最大事件之一。

看到的毒气室、焚尸炉比我想象的要小，在现代科技运用下却可以短时间内消灭几百万人，太可怕了。不仅是犹太人，还有苏联的战俘、共产党人、吉卜赛人。纳粹鉴别“纯雅利安人”和“非雅利安人”，还有一套“科学”的方法，如测量面骨等数据。

易中天：这是“人种学”的所谓“科研成果”。

李泽厚：当时我就想，一个邪恶的理论，而且是非常肤浅的理论，一旦忽悠了群众，和权力结合——希特勒可是通过选票上台的——可以造成多么巨大的灾难，由此可以推论出理论工作的意义，即反对邪恶的理论、思潮、思想非常重要。

我以前常说“书生百无一用”，现在倒认为书生还真要有点历史感和责任感，要对自己所写、所说负责，不要把人们引入错误方向。

易中天：以前有句话，叫“真理为广大人民所掌握，就会变成无穷无尽的力量，变成威力无比的精神原子弹”。

李泽厚：列宁也讲，“没有革命的理论，就没有革命的行动”。

海德格尔的哲学思想是在希特勒之前，我曾称之为“士兵的哲学”，是向前冲锋、向前行动的哲学，海德格尔哲学在“二战”时被纳粹以物质力量填补他那个面向死亡前行巨大的深渊，个体生命的意义成了罔顾一切只奉命前冲的士兵的牺牲激情和动力。我觉得他在政治上与纳粹的关系还是次要的，他的思想在深层次上很危险。

易中天：有一个问题，为什么那么多人喜欢海德格尔？为什么那么多人喜欢“现代、后现代”？为什么如今的学术界要抛弃西方古典哲学，不讲康德，不讲黑格尔？

李泽厚：中国学术界有一个大问题，就是赶国际时髦太厉害。

海德格尔在哲学上确实有成就，他把死亡问题提了出来，只有死亡对你是不可替代的，是独一无二的，从而这个时代最鲜明的特征即个体的重要性被分外突了出来，所以有吸引力。同时，启蒙在西方也确实遇到了困境，理性主义在西方产生了很多问题。我在美国生活，美国不是十全十美的，问题很多、很大。于是好些人喜爱种种反理性的哲学以追求生存的意义。

谈思想：警惕民族与民粹主义合流

易中天：先生怎么看自由主义和新左派？

李泽厚：《己卯五说》其中一章“说历史悲剧”一文中我说过与这两派的异同。十年来，我的基本看法没变，但也有一些变化，那就是跟新左派的距离越来越远。

我和自由派有理论上的不同，比如我不同意“天赋人权”、“原子个人”等等，我认为这是非历史性的假定，我是历史主义者，不同意。也有实践上的不同，比如我从上世纪80年代起就一直不赞成目前在中国搞一人一票的总统普选、多党、议会制，这样会天下大乱。

易中天：为什么不同意“天赋人权”？

李泽厚：“天赋人权”是近代才提出来的，古希腊没有，原始社会更没有，封建社会也没有，因此我还是同意马克思的说法，工业社会经济的变化使得雇工、农民开始出卖劳动力进入市场，这才是前提，由身份制到契约制等等，由此衍生出包括人权在内的各种思想，所以，根本不是什么“天赋人权”，自由主义的这个假定如同专制君主的“王权神授”一样，在理论上不正确。

但某些不正确的理论在特定条件下可以有好作用，如“天赋人权”在启蒙、在开民智上就如此。所以我非常赞同自由主义强调的世界共同追求的价值必须坚持。对社会的批判目前重点也仍在反封建反专制，这非常需要，因为今天在经济迅猛发展、成绩斐然之下掩盖了很多问题和某些领域内的停滞和倒退。

我不同意一些自由派认为的现代化就是美国化，我认为中国要走一条自己的路，这条路如果走好，就是对人类最大的贡献。因为中国有13亿人口，如果完全美国化，对人类是个巨大的灾难。因此，当年新左派提出中国走自己的路，我非常赞成，但十来年他们要走的自己的路是照搬西方的“后现代、后殖民主义、文化相对主义”，后来又和新儒家、新国学结盟，高唱民族主义等，我就非常不赞成了。

易中天：有人还把我划进新国学，我到处声明我可不是，我是被强行划进去的。可是他们根本不听，还以为说你国学是抬举你。

李泽厚：有人还把我划进去呢。什么是国学？我的著作中从来不用这个词，因为这个概念本身不清楚。有些搞国学的人大讲“三纲”，公开主张专制等等，如果再和“中国可以说不”“中国不高兴”等相结合，最容易煽起群众性的民族情绪，这很不好。

易中天：现在要是有人提和日本、美国干一仗，他们都群情激昂，都愿意。

李泽厚：均贫富、倡平等、一人一票直选总统的民粹主义和儒学最优、传统万岁、“中国龙主宰世界”的民族主义一相结合，其中包括新老左派、后现代与前现代的合流，假如变成主导的意识形态，便非常危险，它将对外发动战争，对内厉行专制。

民族主义加民粹主义，正好是“国家社会主义”，即纳粹，这是当前中国往何处去的最危险的一个方向，大讲“中国模式”就有这个危险。

谈法治：天赋人权理论上不对

易中天：先生反对民族主义加民粹主义的“纳粹倾向”，我完全同意，举双手赞成。我也反对讲“国学”，反对所谓“儒家社会主义”，更反对定儒学为“国教”。中国道路不是这么走的。但我感觉先生好像有点冤枉了自由主义，自由派也不都认为现代化之路就是美国之路。

李泽厚：同一个派别，人与人也不一样。必须具体人物具体对待，对自由派、新左派、国学派都应该这样，这里篇幅不够只好笼统而言之。

易中天：先生说根本就没有什么“天赋人权”，那么请问先生主张什么“人权”？

李泽厚：“天赋人权”理论上是错误的，但现实中是有用的，作为策略可以讲，对人权有好处。

易中天：但如果我们想彻底一点，策略上可以讲，理论上也可以用，有没有替换的提法？

李泽厚：当然有，我一直讲我们每个人都有人权，这个人权不是天赋的，而是人类历史发展到一定阶段必须要有的。

易中天：可不可以说“人赋人权”？

李泽厚：当然可以。

易中天：那到底是“人赋人权”，还是“法定人权”？

李泽厚：这只是词的问题。

易中天：不，还是要分清楚。

李泽厚：我主张法治，所以上世纪80年代晚期我不同意王元化他们提出“新启蒙”，因为现在不是要再煽起来一个启蒙性的群众运动，而是要把人权切实落实到制度上，也就是法治。从上世纪80年代后期起，我一直强调法治，例如强调程序法，强调形式正义的重要，强调落实法治的具体措施，等等。

我看到一个材料，一个管政法的书记，最近竟然说，“那些法律条条不要管它”。这种思想是有来历的，1954年第一部宪法通过，到1958年，就有高层领导直接讲“不要什么刑法、民法，我们开会就是法律”，“法律束缚了我们的手脚”。

所以，现在讲人权、讲民主，主要是要通过法律确定各种具体的规范条例，并且坚决执行。我讲有三点必须做，第一要党内民主，第二要鼓励舆论监督，第三要独立审判，检察也要独立。中国太大，情况复杂，这些可以慢慢做，渐进，累积。现在的大学教授很多都在搞假大空的项目课题以获取经费，这不能责怪教授，是体制造成的。反倒是好些媒体每天都在做，每天都在推动，所以我看重媒体。

谈大学：应“重建象牙之塔”

易中天：这也是我十几年来想的一个问题。从大学学术量化管理那一天开始，我就决定走一条自己的路。我不要填那些表格，我不想说自己不想说的话，我不想写自己不想写的字，也不想申请什么别人规定的“课题”。

李泽厚：但没有多少人能像你这样冲出来，不容易。

易中天：不管是谁，也都要养家糊口过日子啊！所以，我还是坚持10年前的那句话：没有经济独立，就没有人格独立；没有人格独立，就没有思想独立。

李泽厚：也有人辛辛苦苦地在做学问，坐冷板凳，不管东南西北风，却非常清贫。

易中天：这样的人我很敬佩，但不是所有的人都能做到。正所谓“墨子独能任，奈天下何”？何况清贫也不等于一文不名，基本的生活总要有保障。陶渊明“不为五斗米折腰”，是因为还可以“种豆南山下”。一旦上无片瓦，下无立锥之地，餐餐饭都要靠别人施舍，想到庙里挂单都不行，有几个人能不被收买？人，总有扛不住的时候，除非下定决心饿死在首阳山。可是，就算你自己扛得住，老婆孩子呢？要不要管？

李泽厚：所以，现在应提出“重建象牙之塔”，这也要有巨大资金保证才行。

易中天：重建象牙之塔十分必要。巨大资金保证也很重要。但关键是“象牙塔”里的人，不能有“后顾之忧”，更不能“卖论求资”，靠出卖观点去获得“资金保证”。所以我强调“经济独立”。经济独立不等于“富可敌国”，只不过是“不必看人脸色”。这跟“安贫乐道”不矛盾。一个人再清贫，只要那为数不多的钱是自己的，照样可以保持“人格独立”。

谈改革：始终是“审慎的乐观”

易中天：现在有一个非常严重的问题，大量民间资金外流，移民成为一个新潮流，其中大量是精英。有人写文章，说现在是资本和思想在移民，我不知道剩下什么了，请问先生，希望在哪儿？

李泽厚：我的观点仍然是“审慎的乐观”，中国那么多人，不是每个人都可以跑到外面去的，哪怕是既得利益者，他们也不是一个人两个人，牵涉到的人那么多，不可能都移民，所以他们也并不希望社会越来越坏，因为也对他们不利。

应该想的是，即便在这样的情况下，我们还可以做些什么？这就叫“知其不可而为之”。

易中天：我再问先生一个问题，先生既不赞成自由主义的美国化，也不赞成新左派的纳粹化，那么请问，中国道路应该怎么走？

李泽厚：中国道路怎么走，我仍然赞成邓小平说的摸着石头过河，我认为目前应该提出“中国不应该往哪个方向走”。

易中天：太好了！先生的意思是说，重要的不是“中国往哪走”，而是“不往哪走”。我也赞成先生的小步前进，但问题是，你小步前进，如果触动到一些东西前进不了了，怎么办？

李泽厚：10 年前，我就和新左派口头激烈争论过，他们认为中国会崩溃，不能加入 WTO，等等，我认为不会，一定要加入 WTO，现在他们已经完全改变过去的说法了。

美国也有人说“中国崩溃论”，出过著名的书，但现在他们也无话可讲了。

易中天：我也认为不会崩溃，但就怕遇到一个硬要焚烧古兰经的牧师，咋办呢？

李泽厚：好像不烧了。因为对方提出不在 9·11 遗址附近建清真寺，他就不烧了。你看，总会有妥协的办法。但我不知道这个讯息是否准确，没去核对。

所以，我始终是“审慎的乐观”，以前是，现在还是，只是有时“乐观”多一点，有时“审慎”多一点。现在经济大发展了，某些领域却停滞或倒退，经济领域中也有严重问题，所以要审慎。

谈国学：“文化相对主义”错误

易中天：还有个问题，为什么思想界那么多人往左转？

李泽厚：贫富不公、社会矛盾凸显是很大一个原因，官商一体对社会伤害非常大，贫富分化过速过大确实要好好解决。

易中天：先生注意韩寒吗？

李泽厚：我知道这个人，我最欣赏的是他赛车，赛车是会丢掉性命的，但他成绩非常好，一定不容易，对这一点我愿表示敬意，其他不说，因为完全不清楚。

易中天：陈文茜骂韩寒知道吗？

李泽厚：不知道。

易中天：为什么一些人在左转？我认识的一个人，以前是彻底反传统的，他曾跟我说中国的传统包括唐诗宋词都要彻底否定，结果现在都转向了。

李泽厚：因为国学热嘛，经济发展了就以为什么都了不起，鲁迅早说过这是自卑又自大的民族情感嘛。

以前反传统的时候，他们骂中国文化骂得一塌糊涂，对传统一概否定，那时候我写《中国古代思想史论》，多少人骂！现在国学热，我又挨骂，因为我不赞成搞这些东西。我把这叫做“蒙启”，把启蒙再蒙起来。

“文化相对主义”是错误的。文化首先是衣食住行的物质生活，梁漱溟说坐马车比火车舒服，可是你从北京到广州坐马车试试？上世纪80年代有外国人对我说，你们中国不要发展汽车，骑自行车挺好，你们知识分子上山下乡也挺好，我说你愿意骑自行车从纽约到华盛顿吗？你现在还愿意夏天没有空调、冬天没有暖气吗？恐怕大多数人不愿意，这里没有什么相对。

我的“吃饭哲学”是批评文化相对主义的重要武器。16年前我提出来现代化的四个顺序：经济发展、个人自由、社会正义、政治民主，首要的是发展经济，当时多少人骂我啊。

（2010年9月19日刊发，整理：赵继成）

我们要对得起自己的痛苦

白岩松

中央电视台主持人。

（图：韩萌）

12 字追求

我从 1993 年开始做电视，我给了自己九个字“说人话、关注人、像个人”。随着“东方时空”开播，到“焦点访谈”，再到“新闻调查”，一直到“实话实说”等等，坚持着这样相同的信念，我和我的同事们就这样一路走了下来。

中央电视台曾经有过一段很辉煌、很受尊敬的岁月，就是因为打破了过去八股的文字，打破了过去或仰视或俯视的墙头草的心态，正式建立一种“平视”的概念。东方时空以及后来成立的新闻评论部是最早提出“平视”这个理念的，那时候电视的确做了它应该做的事情。

到了 2008 年，我 40 岁了，那一年充满了巨大的交锋，奥运火炬冲突，抵制家乐福，汶川大地震，如此多历史事件宿命般地纠结在了 2008 年，所以我会去想很多事情。我觉得 40 岁要给自己一个新的目标，不能停留在“说人话、关注人、像个人”，我想起码我们评论部或者我们这些人做到了这 9 个字，不能再原地踏步，因此我给自己提出了 12 个字，叫“捍卫常识、建设理性、寻找信仰”。

我觉得这 12 个字不仅仅属于我自己，我后半辈子奔这 12 个字就足够了。我甚至不敢想象这 12 个字包含的追求，会在我人生终了的时候在中国实现，它可能是百年的道路，没那么简单。

捍卫常识

我们曾经有过颠覆常识的时代，比如说一亩土地能产多少粮食？其实它基本上是个常识，它应该在一定的公斤数里浮动。但奇怪的是，居然在一个荒唐的年代里，报纸上能登出放卫星一亩产多少的天文数字，很多人还真信，这真是一个很奇怪的事情。

政治可以扭曲常识吗？在我们这个国家的确扭曲过。“文化大革命”的疯狂也来自于很多对常识的颠覆。那些荒唐时代的荒唐做法我们姑且不谈，现在这个时代里，常识是不是被很好地维护着？不一定是。

举一个例子，曾经有一个排毒养颜专家，在中国很多媒体上宣扬这个不能吃，那个不能吃，然后推荐他的食谱。当时我听了之后觉得很不靠谱，老祖宗吃了千百年这些东西过来的，如果说这些东西不能吃了，这里一定有隐情，这是常识。但为什么我们的媒体会给他时间和空间，让他发表这些明显违反常识的东西？我们的大医学家在哪里？为什么不出来驳斥这种明显的伪常识？

后来这个所谓专家被台湾抓了回去，判了刑，这个时候你突然明白，原来在利益面前常识是可以随处颠覆的。过去颠覆常识是因为政治，现在颠覆常识有些开始是因为利益。

在我们生活中，1+1=2 时常被人说成 1+1=3。很多人面对媒体，说那些空话、套话，连他自己都不信，但是为什么连他自己都不信的东西他会说呢？因为这样对他有利。

因此作为一个媒体人，作为一个或许算知识分子的人，如果不能把捍卫常识当成自己的一个目标的话，我觉得是很可怕的。

建设理性

为什么要建设理性？首先我们从执政党的角度来说，中国共产党正由革命党转变为执政党。革命党与执政党有什么区别？执政党是不管你喜欢不喜欢的人，你都要为他服务。这时候，要求执政党和执政政府必须是理性的。

革命很难理性，大家想象一下，“文化大革命”多么的疯狂，理性几乎无处藏身。再比如法国大革命，革命者是非理性的，甚至很残暴，做了很多不该做的事情。但是我们因为站在革命的一面，总认为革命是有道理的，所以非理性就是有道理的，所以学生抡起皮带打老师就是有道理的。

现在大家都把责任推到某一个人身上，可是那些抡起皮带打老师的男学生和女学生，他们人性的瞬间泯灭是不是直接推到某个人身上就可以解决呢？我觉得不能，别人无法谴责你，自己还要跟自己对话。在那样的时代里，不是所有人都抡起皮带打老师，不是所有人都做了让人性彻底颠覆的事情。

在当下这个时代，大国需要与此相对应的大国国民性格，理性是重要的构成。我在《南方周末》上写关于“建设理性”的时候，提出了“脱敏”的概念。过去我们很敏感，很多东西都躲着走，不知道该说什么。2009年，温家宝总理演讲时有人扔鞋，咱们新闻联播都播了，没什么呀。当你脱敏了之后，他就没力量了，当你敏感的时候他才有力量。

我在耶鲁大学演讲的时候开了一个玩笑，说如果大家对我讲的内容有什么不满意，欢迎扔鞋子，不过最好扔一双，我的鞋号是 43，谢谢各位。全场人乐喷了。

所以，当很多事情脱敏了，这个民族就大气了，这就是理性。

寻找信仰

寻找信仰，我觉得这是中国将来最大的命题。

中国改革头 20 多年，要解决人和物质之间的关系，温饱、小康、翻两番，全是物质的概念。经过 20 多年，我们物质达到了一定程度，提出了和谐社会，和谐社会不就是要解决人和人之间的关系吗？

进入到这样一个发展阶段，一个新的挑战来了，一个 13 亿国家怎么解决人和自己内心之间的关系？

几千年走过来，中国人的信仰在哪里？它在一种杂糅了之后的中国文化里，在你姥姥给你讲的故事里，在你看的戏里，在小学课本、唐诗宋词里，这些纠缠在一起，养成了我们骨子里的信仰。

比如中国人讲究对长辈的尊敬，对孩子教育舍得投入，懂得节俭，还有敬畏天地。

但过去我们有的一些信仰，几千年来对中国人起到支撑作用的东西，彻底被毁掉了，“文化大革命”达到了巅峰。

因此在上个世纪 80 年代初的时候曾经提出“信仰危机”，那时候提的信仰危机跟现在我说的寻找信仰是不一样的。那时候信仰危机指的是“文化大革命”对内心的挑战，而现在我们真的要寻找属于中国人的信仰，它是什么？

它不一定是宗教，但应该是把中国人被摧毁掉的信仰链条重新接上，如果一个人活着没有任何畏惧，他会让整个社会感到不安。

我借墨西哥的一句谚语，大家一起赶路，突然一个墨西哥人停下来，旁边人问他为什么停下来，他说走的太快，把灵魂扔在后面，要等一等。现在我们很多人的灵魂也扔后面了，我们得等等它。

问答环节

提问者：您觉得政府在整个社会建设理性的过程中，如何有所作为？

白岩松：政府的理性主要体现在由人治向法治过渡。

现在个人崇拜比过去减弱了，但是权力的权威崇拜其实比过去增长了。

上个世纪 80 年代初的时候，单位领导不算什么，办公室大家聊天，互相拍个肩膀等等。

而现在，在一个小处级单位，处长弄的副处长都不敢张嘴，处长一进来，大家恨不得都颤起来。

我突然发现我们个人崇拜时代结束了，但是群体权力崇拜时代却拉开了大幕，这是非常糟糕的一种局面。

昨天还有人问我，你怎么不从政啊？我说你觉得我适合从政吗？我说我不能让自己和让别人都不开心吧。

提问者：你们评论部一直用冷静的眼光看社会的变迁，您觉得，您的社会责任感能够多大程度上改变或者影响这个社会？

白岩松：听你前面说评论部那些词儿，我起了一身鸡皮疙瘩，听挨骂的声音很习惯，听过分表扬的声音很不习惯。评论部在我看来只不过做了自己该做的事，没什么值得表扬的。

从我个人的角度来说，随着年岁的增长，越发明白一个道理，我不过是万千声音中的一个而已，有用与没用都不妨碍我自己认真的做，这对我来说是最重要的。我早已过了一言兴邦和一言丧邦的某种自恋或自信的年纪。

但是作为万千声音中的一个，它还是有价值的，最后汇成大交响。中国就像一列火车，有人从后面往前推，有人从前面往后拦着，有人从侧面向另一边推，更可气的是有很多人管你向哪边推，自己坐车顶上。

我希望自己是从后面向前、向正确的方向推这列火车的人群当中的一个，这一点很重要。

提问者：我现在已经快30岁了，没房也没车，感觉生活挺焦虑，对这些问题，我个人的责任更大一点，还是其他东西的责任更大一点？

白岩松：首先我非常理解现在80后的生活压力，所谓的蚁族，我觉得全社会应该关爱他们。

但是，不该用溺爱的方式去关爱。哪一代的青春容易呢？季羡林老先生他们那一代，年轻时去德国留学，二战开干，10年滞留在那儿，回来再没有见过妈。他当面跟我说，如果能选择，不会离开村子，不会离开妈妈。那一代人的青春是一个偌大的国家放不下一张安静的书桌。

建国这一代人的青春容易吗？该长身体的时候3年自然灾害，该谈恋爱的时候男女不分，该结婚的时候高考恢复了，刚想生孩子计划生育了。

到了我们60后这拨，我2000年32岁的时候才有了第一套房子，之前搬了N次家，租房子住，曾经有一次从同一个小区这个楼的6层搬到另一个楼的6层，我跟搬家公司的人说同一个小区能不能便宜？人家说“不”，而且还要加钱，因为是两个6楼。我记得我夫人在那一夜累得急性肾炎。

现在年轻人没有人再回头看那几代人的青春，我要告诉你，每一代人的青春都有挑战，那时候我们甚至连成为蚁族的条件都没有，没粮票敢在北京漂着吗？全社会关注蚁族的时候，蚁族已经在它的痛苦中具有天然的幸福，我们那时候连痛苦的资格都没有。

提问者：您认为民主是什么东西？中国在农村很多地方搞了很多年民主，您认为这些地方的民主有没有实现？

白岩松：首先我们对民主要有一个很清醒的认识。民主不一定带来最好的，但是它一定能制止最坏的，这就是民主。

第二个，在建筑民主的过程中需要各方的理性，其实现在有很多呼吁民主的人，在我看来也有很多不理性的东西，我们有没有思考未来中国的民主模式是什么？其实破坏非常容易，建设很难，在民主这方面，我们现在面临着建设的巨大挑战，这是需要整个社会思考的问题。

第三个，基层的民主，我非常看重，为什么？他要让我们普通农民先知道投票权是什么，然后知道选择是什么，然后知道比例是什么，民主是什么。我认为咱们姑且不论个别地区有没有真正的民主，但是他已经让人知道这些个是什么，对于中国未来民主很重要。

中国的民主进程正在陆续拉开大幕，我认为这 5 ~ 10 年是媒体人最有责任和最有作为的时候。

我觉得要不悲观，又不盲目乐观，做好自己的事情。

（2010 年 2 月 6 日刊发，整理：京报讲堂）

我就是赶上了

葛优

著名演员。

（图：秦斌）

背景

每年的贺岁档硝烟四起，大牌云集。其实在这场战役中，最幸福的是观众，因为可以看到好看的电影。而贺岁档“第一男主角”非葛优莫属。新京报记者与葛优“葛大爷”相识多年，亲眼见过他的很多小事，这些印象，很好解读了一个演员平易近人的含义。

印象1：很多事，他心里清楚着呢

在一次关机宴上，饭桌上各路人士纷纷表达对葛优的景仰之情。他微笑起身，用手提着对虾须子放到诸位盘中，口中说着“牵须，牵须（谦虚）”。德艺双馨，德排在首位。葛优能够20年红在浪尖上，绝非像他所说，是因为“赶上了”。

2010年葛优一人兼起了《赵氏孤儿》《让子弹飞》《非诚勿扰2》三部贺岁大片主演重任，而且表演风格截然不同。这事要是搁在别的演员身上，肯定美得屁颠屁颠的，但搁葛优这儿，他却说了好几次“不见得是什么好事”，而且认为这事以后不应该再出现，“否则这人真的就烂了”。围绕他最喜欢其中哪一部的话题来发问，这事让他颇为头疼，“不能说”，再问就开始打太极了，“陈凯歌拍了一个古装戏，姜文拍了一个年代戏，冯小刚拍了一个现代戏……”其实葛大爷心里明镜着呢，哪能分不出喜欢啥？但宁可别人说他狡猾，他也不愿意伤人。他只要观众看了觉得，“哟，这哥们儿除了喜剧还有这一面，还能演这样的戏。”

对于继《霸王别姬》后18年再度合作的陈凯歌，葛优称他能“调动演员的创作激情，把你放出去，给你掌着舵”。对于性格十足的导演姜文，葛优一句“他还得演戏呢，穿上戏服往监视器前一坐，霸气就没了”生动还原了姜文的另一面；而对于合作多年的冯小刚，一个词儿“默契”就足以包含了一切。

印象2：有些事，他只是这么一说

第一次专访葛优是在《夜宴》上映前，聊得挺High。采访结束后回家，接到葛优电话：“稿子写完了能否让我看一眼？”3天后我带着电脑去见葛大爷，他却把我的笔记本轻轻合上，推到我跟前，说，其实我并没有这个权利。

从1979年开始当演员，到1983年，出演了能讲几句台词的电影《盛夏和她的未婚夫》，葛优说那段跑龙套的日子有意思，放松，也压根没有奔明星去的野心，“就咱这长相，还真不行”。但随着王朔小说的风靡，《顽主》来了，用葛优的话说就是“一帮歪瓜裂枣上了台面”，他和梁天、谢园“颠覆”了之前奶油小生的银幕形象，已故表演艺术家李丁曾评价葛优“演得不像演的”，而葛优说，其实哪能有那么放松啊，紧张得很。

从《顽主》到之后的电视剧《围城》《编辑部的故事》等，葛优红了。而《霸王别姬》《活着》更是将他的演艺生涯推向一个高峰。葛优英文不灵，但老外说他英文名他记得特清楚，那是因为凭借《活着》拿戛纳影帝的一刻。葛优回忆说，听到自己获奖时心里一点准备没有，当时还没听懂自己名字。上台领奖时也特傻，不过他的获奖感言至今还记得，“感谢张艺谋，感谢剧组，感谢我的妻子巩俐，然后一补充，影片里的。剩下就不会说什么了。”回国后，葛优觉得，哟，哥们儿脚离地了，以后拍什么啊？要多少钱啊？而接下来他就拍了一部《天生胆小》，还演了一配角，重新回到地面。

印象3：细心事，他都会掂量琢磨

每次采访葛优都能碰到人找他签名，他总来者不拒。我问他，不烦吗？他答：这事对我来说可能是第20000次了，但对人家来说是第一次，不能大意。这次采访完，葛优开车走在前面，当我在出口准备交费时，门卫手一扬，走吧，葛大爷都交完了。

好人不好当。就像葛优曾塑造过的很多人物，心地善良、必要时装点傻，其实心里特明白。做演员红到葛大爷这份儿上，是极易自我膨胀的，但他却特别警惕别把自己评价得太高，十几年前有人批评他的话，他当做警钟一直记着。生活中葛优也十分在意公众形象。受到冯小刚等好友影响，有段时间他迷上了打高尔夫，结果他打球在电视上播了，他觉得这可不行，因为这球贵啊，不能让人觉得明星老玩这个，在这之后他就再也不打了。

观众喜欢看葛优演戏，喜欢到甚至把银幕上的葛优和生活中的葛优挂了钩，见了就觉得熟得不得了，勾肩搭背是常有的事，热情的还会摸他的光头。殊不知，银幕上的葛优，每一个动作、表情、说话的语气，都是他彻夜不眠琢磨出来的，这也给他带来了很大的副作用——失眠。葛优已经失眠很多年了，有些神经衰弱，每天都是凌晨三四点才能睡，《集结号》就是因为每天要赶拍晨戏，葛大爷才不得不放弃了。葛大爷开玩笑说，“这么多年，所有的戏都是在床上想出来的。”不把戏给琢磨透了，他就演不下去。

谈贺岁档：一辈子赶上一部“赵氏”

新京报：大家都说贺岁档最牛的是葛大爷。

葛　优：这个调太高，接不住。

新京报：2010 年贺岁档三部大片都是你主演，搁别的演员该多乐啊，怎么到你这儿就成负担了？

葛　优：我赶上这仨一块弄啊，真不见得是什么好事。别人问我，我就说赶上了。你可以说我狡猾，但这的确是一得罪人的事。再说演员也做不了这个主，我拍的时候也不知道都要搁贺岁档上啊，但是给人的信息就是怎么这仨戏都是你演，哦，就你能演啊？一下弄仨戏，抢钱啊？

新京报：也许别人不会这样想啊，是你自己想复杂了。

葛　优：对，可能别人没这么想。其实这事以前我也有过，1992 年我一年拍过 7 部电影，《霸王别姬》《大撒把》《离婚大战》《龙虎群英》……这个事在香港会有，到年底一人好几部戏上映，但是我觉得贺岁档应该上一个，暑期档可以再有一个。不过我想这事以后不会再出现了，否则这人真的就烂了，除非空 3 年。哎呀，要空 3 年啊。

新京报：你演的古装戏并不多，《秦颂》拍完你觉得距离有点远，《夜宴》之后你更是说不再演古装戏了，那又为什么接了《赵氏孤儿》？

葛　优：古代戏真是太远了，《秦颂》里演高渐离，有些事我就不能理解。《夜宴》演的原因很简单，就是没演过皇上，演一回，人物也有戏。《赵氏孤儿》一个是名著，都知道的故事，再一个就是凯爷（陈凯歌），第二次合作，上一次合作已经是 21 年前了。

新京报：你说从表演的角度来说，3 部戏当中你演得最过瘾和最感动的是《赵氏孤儿》，这次你把到了古代人物的脉？

葛　优：改编后的故事好像搁在哪个时代都行，原著是讲忠义，程婴是个门客，现在是一大夫，草根，这个人演起来就不远了，你就能理解这人了。凯爷一开始创作这片子就是想让现代人能相信，只是用了点原著程婴一根筋的性格，其实现在这个社会不是也有人一根筋吗？所以演这戏就不是古装不古装了，好像也没古装什么事了。

其实当初凯爷来找我演程婴时，我并没有一口答应，心里有点犹豫。但是凯爷的戏我很重视，看了故事后一聊，我觉得问题不大，不大是说我能不能胜任。但是从一开始作案头到拍第一个镜头那么长时间，我心里都没谱，这个人物该怎么演啊？但是一拍起来就对了，感觉就有了。演员总会说，我想演成这样，演完了我觉得也确实是这样。但是你觉得

是不是都不重要，人家觉得是才对。预备开始机器一转，就对，有（感觉），我演这个戏，经常就是有（感觉）。接了这戏，我觉得这辈子能赶上这么一回，不容易。

谈三大导：凯爷叫我大爷，姜文叫我葛老

新京报：陈凯歌导演说你有好几次在片场嚎啕大哭。

葛　优：有好几次。有一场孩子死后，程婴把孩子搁桌上闷着就哭。这场戏其实不是演的，开机前镜头一直对着我，我根本演不下去了，还没开机我就成那样了。这次经常让我沉浸在里面，穿上戏服，看着那景，我就进去了。我觉得拍这部戏像受了一次洗礼，以前我演的一些喜剧里面也有不少感动，但是这部戏却让我从头感动到尾，持续时间最长。除了悲痛，还有伤心和无可奈何。

新京报：再演正剧你担心观众笑场吗？

葛　优：其实不担心，笑场这事儿在《夜宴》时我就想明白了。咱拍一电影说这是悲剧，可我老想咱是拍给谁看的，你得明白电影院银幕下面好多椅子。我跟小刚说过，咱拍一悲剧还能有喜剧效果，双赢嘛不是，这是好事啊你较什么劲啊。电影再牛，它也就是一电影，说大街上空巷，现在怎么可能啊？我最早学二胡的时候，收音机定点放二胡曲子，我之前都拿笔在报纸上画上，快到点了我就骑着车往回赶，要是还没到家但是到点了，我就钻人家里了，进屋后大喊一声开收音机，然后听完就回家了。这事你觉得重要，人说你什么事啊跑我们家听二胡曲走了。电影也一样，就是一娱乐，现在查电影新闻是在娱乐那里面，什么事你都得往开了想。

新京报：《让子弹飞》一度传出你跟姜文、发哥（周润发）不合的传闻，说片场三人彼此较劲谁也不服谁。

葛　优：没有的事，我们好着呢。我听话，姜文的话听，发哥说的也听啊。我接这戏就是觉着我能胜任，我演不了就是演不了，肯定也不接了。这仨人碰到一块不容易吧，都是想把这个机会抓住，把这戏演好。您说您上来说，孙子今天我演死你。你能演死吗？导演在哪儿呢，你演半天镜头就是不给你。都说演员抢戏，舞台上能抢，电影里你抢什么？再说了，这片子戏份再多我也就是 1/3 啊。从另一个角度来说，飙戏也是好事，戏能出来啊。

新京报：你觉得姜文霸气吗？

葛　优：姜文是喜欢琢磨，说点什么词。现场他没那么霸气，因为

他还得演啊，他穿着戏服往监视器前一坐，导演就不在了，那霸气就没了。

新京报：你脾气好，但冯导似乎一点就着，你们能合作这么多年是因为性格互补吗？

葛　优：也不是，他在我这儿没脾气，他没脾气我有什么脾气？他老说他想退休，但他闲不下来。

新京报：三个导演分别管你叫什么？

葛　优：凯爷叫我大爷（重音在后面），姜文叫我葛老，小刚就是葛大爷或者优子。

新京报：听说你不喜欢人家叫你葛大爷？

葛　优：没有，弄错了！绝对没有不喜欢！

谈个人风格：想演英雄的心我现在也有

新京报：你的表演非常亲切自然，你的每个动作、表情是经过设计的吗？

葛　优：有人问过我，比如说一个你拿着打火机看外面的镜头，你之前想了很多觉得这个好，那你要是拍十条是不是都这样？我说都这样。人家说不应该啊，你应该换一个啊。为什么要换？我已经琢磨过了，我觉得这是最好的啊，所以你是一定有设计的。

新京报：虽然你以喜剧成名，但是这些年你一直都在尝试别的题材类型，不想一直演喜剧吧，哪怕有些片子并不成功。

葛　优：对。其实那些戏在表演上没什么，突破什么的都算不上，就是想尝试不同类型风格的戏。不过当时也没想到失败，谁会拍一戏冲着失败去啊，那就是说赶上了。但是这事回头一说，我敢实验啊，我敢尝试啊，然后自圆其说，尝试就有失败啊，人在河边走，哪有不湿鞋。

新京报：喜剧演烦了吗？

葛　优：我没有，真没有。你说演一悲剧吧，观众看的时候没声，你说这是成功还是不成功啊？但演一喜剧现场没笑声，就瞎了。我演的喜剧多数不是胳肢人的，还有点小伤感在里面。真说那种胳肢人的戏，我还真不会演。

新京报：你觉得观众喜欢你，跟你的形象有关系吗？

葛　优：哈哈，我觉得有可能。没黄晓明精神，也没胡军那种男子气。我觉得还是我演的人物很让观众喜欢，很实在，而且可信。

新京报：男人都有英雄情结，你就没想过演一英雄？

葛　优：我长这样啊，演王成、李向阳那些人不太可能。想演英雄

的心我现在也有，但是得想想这是个什么样的英雄。英雄就是在关键时刻别人都不敢去的时候他去干这事，但是你要先把他演成是一个人。要让我演我可能会演成那样，就是看见大美妞他也得回头，嘣，撞电线杆上了，眼睛紫了，人家问你这是被人打了？我说不是，我是刚看一个女的结果撞电线杆上了。他可能第二天还会干英雄的事，但这眼睛紫了还真是因为一女的，是不是这种可能会更有意思啊？

谈入行：本性不是做演员的料

新京报：你从小喜欢模仿别人演戏吗？

葛　优：模仿啊，我幼儿园的时候的模仿我现在都能想起来。一帮人，男男女女，组成解放军，啪啪打仗，胳膊上还系条毛巾，这是受了伤。有一次在农村，跑到一土坎儿那，拿着假枪假刀，对面没人，我还瞄着，嘴里啪啪出声，打完了还扬土制造战场的硝烟，还躲子弹呢（比划着）。不过那个时候我演的都是解放军，还没演坏人。后来开始模仿我们家老爷子，在家拿着战刀演日本鬼子。

新京报：你要报考表演专业可把家里人吓了一大跳。

葛　优：你让我自娱自乐行，当众可不敢表演，就连做操，前面坐着家长我都不敢看人。上学发言时我都是最后那两三个，声音特别小，那叫一害怕。但是那时候又有那欲望，我在学校是文艺宣传队的，有时候还跳一跳群舞，还上台独奏过二胡呢。你搁现在，见人多我还是怵，这是本能，确实不是做演员的料。

新京报：那报考时还那么坚定？

葛　优：喜欢啊。还有一个就是心里觉得这事简单，干别的还得学这学那，不过首先就是受到老爷子的影响。他在演戏的时候经常把戏服穿回家，就变了一人，《小兵张嘎》的时候，他穿着一身日本军服，带着刀和枪就回来了，头发也秃了，实际上是戴了一头套。我那时才 5 岁，记得还玩了他的枪。

新京报：考了两个学校都没考上，对你打击大吗？

葛　优：考多了，不只两个。打击肯定有，但不是灭顶那种。当时考了一圈都没戏，其实我已经准备回去了，还喂着猪呢。当工人呗，反正我也没觉得自己在表演上是特能的一人。没想到当天晚上，我爸一同事说全总文工团招生呢，有人，就这么着，特巧，就去了。

谈票房：拍电影没人看，你干吗

新京报：你觉得票房重要吗？

葛　优：不是重要不重要的事儿，你拍一电影没人看，你干吗啊。

新京报：你红了 20 多年，历经了中国电影多个重要的转型变革期，不能简单用幸运来说明一切吧？

葛　优：运气是什么啊，是机会碰上了你的努力。其实这事有好多因素，其中一个就是形象。别看我形象不济啊，但还是要看作品的材料，有时候剧本需要这种材料，这就是运气了。

新京报：你从来都不上综艺节目，平时做采访也很少，为什么？

葛　优：不是因为电影的事，采访就算了，因为现在真的是越来越不会说了。我以前还想过，电影拍完不做宣传，直接贴一大海报，现在根本不可能，大家觉得我的想法很天真。

新京报：你很在乎观众。

葛　优：在乎，谁不在乎？但是你说在乎吧，跟年轻导演拍几部戏也没成（意指观众口碑不太好）。

新京报：有人会说不是戏不好，是观众的素质低。

葛　优：为人民服务的态度得要端正，你说你有限的这些年干点什么啊，专干小众电影，只要你愿意，可以啊，但是你别拍小众电影要大众电影的票房，别拧。

谈影帝：把奖给更需要的人

新京报：得奖这事你怎么看？

葛　优：已经不重要了，这话还是不能说，显得你特骄傲。应该说把这个奖给更需要得奖的人。（这不是更骄傲了？）是啊，所以这话还是不能说。

新京报：戛纳影帝牛啊。

葛　优：那也是赶上了，你说戛纳的参赛片之前都不能公映，没准公映的片子比你这个牛 B 多了，只是人家没赶上这拨。

新京报：奖状放哪了，挂起来了吗？

葛　优：没有，就是搁在家里而已。

新京报：得戛纳影帝之后飘了吗？

葛　优：当时我就觉得，哟，哥们儿脚离地了，接下来拍什么啊？要多少钱啊？接着就拍了一部《天生胆小》，演一配角。（为什么啊？）那还真不是说你得了影帝就有多少戏来找你了，而且《活着》也没上，

没多少人知道，那时空着呢。接这个戏是因为梁天找我，我们又是一公司的[①]就拍了。

新京报：戛纳影帝和百姓影帝只能选一个，你会选哪个？

葛　优：肯定是百姓，那个荣耀（戛纳影帝）不会很长，只说明在特定的电影节赶上了。以前有人说过我，这戏你别上了，上那个戏，或者说这个是给圈里人拍的，不是给老百姓拍的。这事我有过矛盾。

谈生活：以前开过餐馆，赔了

新京报：你为什么不喜欢拍激情戏啊？

葛　优：演过，但是我觉得吧，那种戏弄不好特恶心。你看我跟舒淇就没有吻戏，但是看着吧两人还挺腻。其实《非诚勿扰》的时候是安排有场吻戏的，就是大狗熊那场，结果我一看，那狗熊服没口。

新京报：拍激情戏你太太会有意见吗？

葛　优：现在已然没事了，以前最早拍戏的时候有。

新京报：你觉得什么样的演员是好演员？

葛　优：你演了以后别人演不了，别人再演不可能。有很多别人演的戏我都演不了，我这块材料就有局限性，比如黄晓明的戏我就演不了。

新京报：你在其他行业有投资吗？

葛　优：现在没有。以前跟人干过餐馆，但是赔了，其实心思也不在那，心里还是比较平稳。

新京报：老是有人要跟你合影、签名，你不烦吗？

葛　优：有时候人还会说，我拿相机去，你等着啊。

新京报：你等吗？

葛　优：我等。不是要落个好形象、好人缘什么的，这事当然会影响到你的生活，可是你就想，我已经是第两万次了，但是他是第一次，第一次这事儿可不能大意了。你换位想一下，有人可能当着很多人的面鼓起勇气过来说跟你照个像，要是我不跟他照，他得多尴尬。我不是为了老了的时候还有人喜欢，是因为拒绝人这种人，人家也都不会理你。

新京报：你以前很喜欢音乐啊，平时会唱歌吗？

葛　优：现在不行了，几年前还行。我喜欢张学友的歌，《心如刀割》《回头太难》啊，还有陕北民歌。演员有人来疯那种，人越多表演越起劲，

---

① 梁天、谢园、葛优曾合开过一个公司，叫好来西。现在公司还在，梁天担任总经理、法人和董事长，谢园是艺术总监，葛优是艺术总裁。

但我就不行。昨晚我看一节目，一演员在台上唱歌，看得我直紧张。你让我在电影节上唱一歌，我觉得根本不像歌星，特不自信，看起来特别傻，那种事我就不干了。

谈性格：我不惹事，而且胆小，属闷骚型

新京报：演员当到你这份上，选择是越来越多还是越来越少？是越来越自由，还是越来越不自由？

葛　优：这个说到点儿上了。你说不自由吧，是因为选的戏路可能比较窄了，应该说还是更自由了，我就敢于说这个戏我不喜欢，当然说的时候我得说我不能胜任。

新京报：你总考虑别人的感受，所以都说你是老好人。

葛　优：我觉得老好人有点贬义吧。

新京报：会不会觉得你是个顾虑太多的人，把方方面面都照顾到，做到这点不容易，也很累。

葛　优：你把工作干好了，在这行特有名，这行之外的人并不知道你，但是演员要把戏演好了是必出名的，这点你就得注意了。其实我已经妥协很多了，妥协是善意的，比如说有时你觉得这种方法演不太好，但是一想人家是导演，那就妥协呗。不过我觉得我现在拒绝的心是越来越硬了。但也有很多人情得顾吧？人家都是好心，找我也是因为人家看得上咱。

新京报：有推掉后却后悔的戏吗？

葛　优：有个戏不错，《集结号》。但就是太累了，早上 6 点钟就得化妆，还得跑，没准就累死在那儿了。

新京报：不正好圆了你的英雄梦吗？想过什么时候不演戏了吗？

葛　优：这事都不用你考虑，有可能我在 80 岁时又演了一特牛的戏，全靠碰呗，国外还有 90 多岁演戏拿奖的呢。演员 20 岁可以演 80 岁的，但 80 岁绝对不能演 20 岁的，我现在就属于 30 岁的肯定演不成了，45 岁以上的行，我这个年龄演年轻人不太可能了。

新京报：有人给你泼冷水吗？

葛　优：网上有人说，他还会演戏，龇俩大板牙，我一见到他就想拿板砖拍他。这就是不喜欢我的代表，怎么可能所有人都喜欢你，得始终给自己敲警钟啊！

新京报：这是什么时候的事？

葛　优：十几年前的事。

新京报：一直记着？

葛　优：我一直都记着。

新京报：你打过架吗？

葛　优：基本没有，小时候打过，给人打了，结果我哭了。

新京报：人都会有脾气，你都怎么发泄啊？

葛　优：生气没用啊，再说也没什么气可生啊我觉得，我不怎么惹事，都是让着，一直这样，性格也是，受教育也是。即使有脾气我也能给解了，发脾气没用。而且我胆小，闷骚型。

新京报：开车也没急过？

葛　优：这个急过。有次我后面一车开一大灯，正好在便道上，我堵着他就不让他过去。最后我基本就是在路上画龙，这哥们儿都傻了。其实那哥们儿脾气应该也不大，不然肯定追着我。

新京报：有没有想过干点别的？

葛　优：没有。其实不干演员好多事可以干，我原来喜欢音乐，也弄过二胡，后来怎么就没时间了呢。

新京报：现在闲暇时候都做些什么？

葛　优：没个正经，喝喝酒聊聊天，晃荡，屋里待着，没什么特别爱好。

（2010 年 11 月 10 日刊发，记者：孙琳琳）

出来混，早晚要还的

高晓松

著名音乐人、导演、制作人、词曲创作者。

（图：郭延冰）

184 天的救赎

“我以前一直以为喝酒能让人自由，最后因为喝酒失去了自由。”2011 年 5 月 17 日，高晓松因危险驾驶罪被判处拘役 6 个月，处罚金 4000 元人民币。对于高晓松而言，这 6 个月不是一场审判，而是一次救赎。

事发后的高晓松对警方表示：“我是违法行为，我愿意承担事故全部责任。”随后，他又在询问室亲笔写下“对不起，永不酒驾”，并签上了自己的名字。在庭审中，他说“酒令智昏，以我为戒”。面对公诉人对其醉驾的事实和指控罪名，他表示“自愿认罪”，并数次打断律师以证据瑕疵发起的无罪辩护，“律师，我已经认罪了。我相信法律公正。”

有人说这是一次成功的危机公关，高晓松认错诚恳、个人形象加分不少。一个清华才子，校园民谣旗手，恃才傲物的游吟诗人，从书香门第，一路名校，少年成名，走遍世界，到看守所漫长的 184 天，高晓松的经历充满话题。

乐评人李皖在《两个高晓松》中这样描述当年 27 岁、发表了个人作品集、开了个人作品音乐会、正处在顶峰的高晓松：“在歌里，高晓松一直在回忆，让人以为他是个内向、伤感、学生气十足的人。现实中的高晓松恰恰相反，他轻佻、贫嘴、痞里痞气，满脸是浮夸的笑，满嘴是七荤八素的杂话，没一秒钟能够安静。”恃才傲物是朋友对高晓松最具负面性的评价。高晓松说，幸好老婆没认识年轻时的自己，“我年轻的时候飞扬跋扈，现在想想，自己都讨厌自己。”

“根红苗正”的高晓松离开大学的第三个月就发财了，当年就有车，有 30000 元钱的大哥大，大哥大上还吊了一个 3500 元的 BP 机，有一个特别贵的呼号，就一个数，呼“6”，那一年他才 22 岁。“那时候多张扬，一定要让自己特别与众不同。22 岁发财了，24 岁发表第一首歌《同桌的你》还出名了，你想我那时候有多膨胀。”

接受专访时，高晓松梳理了自己“在里面”6 个月的生活，还表示决定远离过往的那些张扬、膨胀和不靠谱，“一个从小被惯大的名校生，20 多岁的膨胀可以被大家原谅，但这种人在 40 多岁的时候应该担当更辽阔的使命，做一个名校生应该做的。”

这一切，正如高晓松在歌中所写的：开始的开始，是我们唱歌，最后的最后，是我们在走。

做艺术的人内心其实很柔软

新京报：你曾说，希望出来之后生活可以慢下来，不想一再“被消费”，现在你觉得做到了吗？

高晓松：还好吧。因为你在这个名利场里自己都消费自己，别人当然也消费。我更多的是希望别人消费我的作品。

我比较倾向于以报恩的方式“被消费”，如果你对我非常好，那你消费消费，我也配合配合。比如《大武生》时期的支持，以及其他让我觉得很温暖、不离不弃的人。其实回头看，所有人都对我很好，媒体对我也很好，没有往死里打，包括围着我们家、堵着机场也都不是负面恶意。刚出来一两周有点忙乱，因为我适应不了，但慢慢地我也能控制住节奏。

新京报：大家对你庭审时道歉的态度印象非常深，之前大家对你的印象是游吟诗人，比较自由散漫。

高晓松：我经常后怕，幸亏老天爷在这个时候给我刹住车，追到人家尾上。要真是给人撞伤、撞死了，赔钱是另外一回事，你心灵也受不了啊。你再恃才傲物、再浪子，你也是一个人，而且做艺术的人内心其实很柔软的。道歉肯定是真心的，因为我太后怕。老天对你好，你不能认为自己没做错。再加上我是特别信“出来混，早晚要还的”，我那几天的感觉就是终于要还了。那就一起都还了吧。

新京报：你觉得自己要还的是什么呢？有人觉得 6 个月判到顶有点重了。

高晓松：有很多人跟我说量刑过重，我说，我以前也干过好多不要脸的事呢，不要脸虽然不能判刑，但你自己心里知道你干过很多不要脸的事。我觉得就该判重点，把以前欠的全部的债这次一起还了。

新京报：判之前你紧张吗？

高晓松：不太紧张。我已经听到一些消息说会重判，律师说可以跟法官谈判，因为血液化验单上 3 个签字的人都没有检验师执照，我说，你不用去弄那些事了，他有没有执照我也喝醉了，我觉得自己对自己惩罚或者叫“救赎”都是应该的。

说句心里话，如果我面临的是无期徒刑，那我可能会辩解，会听从律师的，咱们能减多少是多少，因为那是一辈子的事。但这个最高就是 6 个月，男子汉大丈夫就为了 6 个月变成 5 个月去上诉，人生缺这一个月吗？不就一片树叶子从树上落下来了嘛，有点太小气了。而且最后真是在里面 6 个月我计划的读书写作都没弄完。

我后来跟所长开玩笑说，要是再住几天交多少钱？所长说，反正国家给你们一人一天 16 块，纯属国家补贴，你还是别花纳税人的钱了，你出去吧。

用神奇感削弱绝望感

新京报：进去前想过将要面对的具体生活吗？

高晓松：我当时并不知道里面是什么样、能不能安静思考。反正来什么面对什么呗，即使里面是“躲猫猫”“洗冷水澡”，那也看看你是不是一个男子汉。后来我进去，里面有几个大哥跟我说，晓松，在外面牛逼的人，在里边也一样牛逼，在外边是个怂人，在里边也是一个怂人，你不用担心。我说我本来也不担心，我都40多岁了，我还会怕在一个地方变成特别傻的、天天被人欺负的人吗？而且我还有一点点说不出来的小涌动：让我来看看，这世界的另一面是什么样子，有些什么人。

新京报：第一天晚上睡着了吗？有绝望感吗？

高晓松：睡着了，因为从洛杉矶飞回来、参加完《大武生》发布会就去交通队，已经36小时没睡觉了。但第二天没睡着，躺在那儿，看着6米高的房顶上有一盏昏白的灯，左边躺着一个小偷，右面挤着一个黑社会，觉得好神奇啊，我挤在这样两个人之间睡觉。

刚进去也睡不到好的位子，大家都论资排辈，谁呆的时间久谁就慢慢蹭到门边上去。这个呼噜响，那个有口臭，你躺在那儿，你不停地说这也神奇，那也神奇，因为你要觉得神奇，就会削弱绝望感。慢慢就好了。

新京报：最初的不适感和“神奇感”过去之后，后面是否会有大量无所事事的时候？你更习惯于发呆还是思考？

高晓松：我是一个非常不爱主动思考的人，艺术这东西没法思考，艺术是一种很直接的感受。在里边经常发呆，尤其下雨的时候，看不见，只能听远处的雨声，我让自己凝神，就仿佛站在辽阔的、自由的雨中。

我曾经有一个月都没跟同屋人说过两句话，把人都问完了，干吗的、什么背景、犯了什么罪、他怎么生活的，到第4个月，我已经没兴趣问了。

来回来去就是这么几种人：偷摩托车的中学生、卖发票的、行贿的大款、受贿的官员。以前你觉得社会好多角落你不了解，了解一通后发现也就那几个角落，没多少神奇的人。后来我就开始翻译。

再艰苦，总得生活下去

新京报：你在里面写东西，有笔吗？

高晓松：每个人都是一样，一床被子、一床褥子，没有枕头，没有被单、床单，因为那些都能杀人。把褥子卷一点到头上就当枕头睡了。里头没有任何插口，怕你触电。能自杀和能伤害别人的东西都没有。笔也是只有最柔软的笔芯，刚开始特别别扭，后来我自制了一支笔，把早上喝的粥涂在纸上，卷在笔芯外头，卷成一支比较粗的笔。

马尔克斯的《昔年种柳》原本没人出版也没人翻译过，谈版权时我就跟马大师和他的经纪人说，一个热爱他的犯人，在监狱里用柔软的笔芯在极其昏暗的灯光下，也没有桌子，只有一个木板，他坐在木板上，抱着两床被子，边翻译边写，希望他能给予出版的许可。

新京报：在里面会觉得时间很漫长吧？

高晓松：里头没有钟，我们自制了一个钟。老祖宗教的东西还挺好，就是沙漏。用水做沙漏。拿个塑料瓶子扎个洞，看《新闻联播》时装满水，电视上有时间就开始漏，漏到《新闻联播》完正好漏到一个位置，用黑色涂一下，就知道这是半小时，加长一倍就是一个小时。我们有一个人专门负责看表，几点了，他就坐在那个塑料瓶旁边说现在几点。

新京报：这些是你带进去的创意还是本来就有？

高晓松：都有。里面人的智慧无穷，再艰苦，总得生活下去，鲁宾孙在无人岛都能生活。我还有一个钱包，是老犯人走的时候留给我的，用包装袋做的，非常精巧，但里面没有钱。我半年后再见到人民币和美元，觉得比我想的面积大很多。

想到女儿，6 个月很长很长

新京报：家属去探望你时，你是什么感受？

高晓松：家属每个月可以去探望，我老婆、我妈都来。我老婆第一次哭得要死，我妈原本极为乐观和豁达——我妈从小教给我们很多，其中有两句网上还挺流行的：“人生不是眼前的苟且，还有诗和远方”，我妈自己走遍世界，我从来没见她为我哭过，结果她抓着那个探视的铁栏杆还哭出来几滴眼泪。我当时跟我妈开玩笑说，看来我真是亲生的。

新京报：你哭了吗？

高晓松：我妈、我老婆来看我时我都没哭，我还特高兴，安慰她们。我女儿来，她没哭，我倒哭了。因为她特别高兴，她们跟她说，我拍戏呢。我女儿说，爸爸你什么时候拍完戏呀？我说很快了，其实一想还有很久。想到漫长的人生，觉得六个月不长，但一想到女儿，6 个月很长很长。一想到女儿，你觉得两个礼拜都很长。我大概就哭了那么一次。

在里面，大家聊到女儿的时候都会热泪盈眶。首先，聊到老婆会热泪盈眶。富商、干部、黑社会大哥、赌场老板、组织卖淫的，所有人都想自己老婆，这点让我挺感动。因为只有老婆不离不弃，最终只有老婆记得给你送件衣服，只有老婆定期来看你。我也特想我老婆。年轻人没什么可想，年轻人在里边自得其乐。

想起他们，心里很难过

新京报：我看过的监狱题材电影里，知识分子在狱中多少都会显得有点格格不入。你觉得这种身份在里面给你带来的差异、需要调适的东西，难吗？

高晓松：对我来说不难。我有两个身份，一个是知识分子，还有一个身份是北京孩子——北京孩子从小学痞子，上街打架，我中学大学都因为打架挨过处分、严重警告，所以对我来说没什么大问题。

有一点世界观的问题，但我也没办法，这不是监狱的问题，是社会的问题。我跟小孩讲，你出去别偷了，可以干点正经事。但年轻人完全不接受你的思想，年轻人坚定地认为我唯一的罪行就是没钱，我有钱就没有罪。里边的年轻人基本清一色是这么想的。每个人都说，我出去当然偷啊，那我能干什么？我只要偷多点，我有钱了我就没有罪，你看有钱人被抓进来了吗？都是我们被抓进来。所以我没办法说服他。有的时候会觉得挺难过。

新京报：你在里面会给这些年轻人教一些什么吗？

高晓松：我开始还教两个孩子写诗呢，我把十三韵给他们默写一遍，让他们每句的结尾都押着韵。有一阵子我们屋还掀起了一股人人写小诗的小高潮。做学术的知识分子比较封闭，做艺术的人虽然是知识分子，但愿意接触更多的人。如果真是学术型的知识分子，在里面可能会比较难过。

新京报：里面有让你特别难忘的人吗？

高晓松：有一次我没哭，但有点热泪盈眶。是送我大哥，他判了7年，要下监狱了。他这手夹着被子、褥子，那手提着一个塑料盆子，50多岁的人了，有点驼背，很绝望地离开了。把他送到门口，我们俩热烈拥抱，我说，我出来之后，一定会坚持去看你，一直到你出来。

我很少交到这样一个天天跟我睡一起、给我讲很多事情的人。他很了解看守所里所有的人际关系，给我仔细讲了每个管教、每个科长的脾气、性格，教给我怎么适应，对待杀人犯也别怕，怎么对付他们。我现在每次吃点好东西或者特别自由想干嘛就干嘛的时候，就想起这个大哥。大哥还在里面煎熬着。

我还看上了一个年轻人，长得特别端正，人品也很端正，虽然是孤儿，但是从不乞求，非常正派的一个孩子。他犯的罪挺倒霉的。他做服务员，客人喝醉了揍他，被揍得实在受不了，还两下手，把人家眼眶打裂了，算防卫过当吧。他特别老实、勤恳、能干活，我说，出来后你给我做助理吧，他特别高兴，一直怀着希望。

这事儿还让我心里很难过，我出来后跟经纪人、家里人商量，所有人都坚决反对，社会对刑满释放人员还是有歧视，你怎么能找一个刑满释放的人做助理？他前两天出来了，我给了他一笔钱，还给他报了新东方厨师学校，希望他能努力在人海里不要沉没。

有时候会挺怀念里边的生活，大家都以特别简单的方式在一起，清贫、清淡的日子，管教也很单纯。我应该这么说：即使中国社会有一些坏的习气，但看守所还是最清水衙门的地方。说句最不好听的话，到了看守所都是非穷即傻，也没什么油水。

从倒数 100 天开始数日子

新京报：出来前一个礼拜会为今后的日子规划一下吗？

高晓松：我从倒数 100 天开始数日子，我想别太早数日子，数日子有点难过。我特别痛恨 7 月和 8 月，这两个月都是 31 天。数到还有一个礼拜就不数了，因为要数就得数小时了，我就赶快把没看完的书，没写完的东西赶完，那个状态已经有点像在外边的时候要被逼着交稿了，赶快写东西。

新京报：最后一天情绪波动了吗？

高晓松：到了还有一天的时候可能我有点哆嗦，因为我这半年还好，不算很长，里边三四年羁押的人到提前一个礼拜要出去的时候都睡不着觉，然后经常问我外边现在什么样，我出去能适应吗？在里面，牙刷这么短套在大拇指上，因为它也是凶器。勺子也这么短，是软的。我后来回到家拿一个这么大的牙刷刷牙都不会了，这太大了，怎么刷啊。最后一天情绪我很波动，我想了很多，我想出来以后我怎么生活，我本身又不是一个爱想事的人。后来我说就自然去做吧，别太刻意了，说我要怎么怎么样，到处去赎罪，也没必要，就顺其自然地生活。

表现优越感是一件讨厌的事

新京报：如果说到这 6 个月的反省或者收获，你觉得是什么？

高晓松：有几件事我是下了决心的，首先是更加坚定了不做生意，不成立公司，不会成立一个电影公司、音乐公司，坚定了只卖艺。因为人生已经过了一半，能够有创造力的时间也就剩十几年，我已经入行20年，我猜最多再有20年，60岁就别占着茅坑不拉屎了，所以60岁会去教书，这是我早就算计好的，教书、翻译书、读书。坚持只做作品，只做艺术家。再有就是对钱看淡了很多——我本来就看得很淡。我大概是我认识的人里面这岁数唯一没买房子的。买点衣服，给老婆买买包，吃吃饭，能花什么钱？这两件事都对，我出来之后更加坚定这个想法。

再有，我对自己说，以前所有那些傻逼的事，即使不坐牢到了40多岁也应该改了。有些时候觉得以前怎么就那么二呢，明明是一个30岁的人，老拿十八九的心态来造，让人看了觉得这人特不和谐，这人怎么书也没少读，但老疯疯癫癫的。

新京报：大家对你比较普遍的评价就是恃才傲物，优越感比较强，你觉得这次经历会改变你的这个特点吗？

高晓松：优越感是一个没办法的事，现在还会有，就是不表现出来了。优越感不是坏事，坏的是你老在别人面前表现这个优越感，那就是一个挺讨厌的事。我投胎就投成这样了，首先是一个北京人，书香门第，读的全是最好的学校，根红苗正。人家说自己也是四中的，我们都得问问你初中高中都是吗？清华你还得是电子、计算机、自动化、建筑系四个最好的系。

我一直生活在领先的阶层。我22岁发财了,24岁发表第一首歌《同桌的你》还出名了，你想我那时候有多膨胀。我在里面回想从前的事，经常把脸捂在褥子里说，我以前怎么是这样一个人？所以也活该还债。我之前已经意识到了这个问题。我老婆全家信佛，我跟她说，你可不许求佛任何事，因为老天爷对我们已经太好了，给你美貌容颜，给我根红苗正，咱该满足了。那时候我已经意识到生活可能搞错了，这次我小小地把自己的6个月还给生活，总比还别的好。

少说多做，不愿意卖这个事

新京报：因为这次你做了一次非常好的危机公关，形象很好，有传言说你出来之后身价大增？

高晓松：我年轻时那个样子很多人都不喜欢，但是我一旦好一点大家都很接受，我有难了大家都努力地伸把手。所有跟我之前签了合同的，不管是音乐、电影、出版都不离不弃。我也投桃报李，没有涨一分钱价。图书合约是在我出事之前签的，本来就没包括看守所中的部分，我一出来就有出版商找我，说给我多少钱让我把里面的东西写出来，我完全可以另出一本，但我还是把看守所这一部分送给原来签约的出版商。

新京报：设想过出来以后，外面的人对你的看法会跟以前不一样吗？

高晓松：会吧，但是我不是很担心。因为会慢慢过去，就是看你怎么做事。所以我当时说我出来少说多做，到现在你是第一个大家看到的专访。首先，因为你太执著，我还挺感动的。第二，《新京报》我觉得是个值得信任的好报纸。第三个，好多朋友也跟我讲，适当的时候我可以说说这事，我不愿意卖这个事，因为我是卖艺的，不是卖身的，但对这个社会有点意义的话还是可以说，那我就说这一次挺好。

生活还是对我很好，包括在最关键的时候给我悬崖勒马，免于陷入疯狂。而且正好在整个文化行业大井喷之前，让我能安静下来想一想，以免被裹胁在大潮里彻底迷失了。

出来以后我对自己说一定要低调，一切低调。到现在出来一个多月我觉得还行，不难做到。包括写写微博，跟大家在一起做事情都三思而后行，我觉得挺好的。当然也不会低调到违背我性格，那倒没必要，最后不是O型血、天蝎座的北京孩子了。

O型血都会像我这样，我也没有超越O型血的乐观特质。你（指记者）要是真的去了也没问题。我就见到一两个精神崩溃的，大部分人都能坚持。我还不冤，还有冤的呢，那都咬牙坚持下来了，而且最后也能随遇而安。人生都是写好的剧本，你总能接着走下去。

在里面，文盲也会喟叹自由

新京报：狱中体验给你的创作带来的最大改变是什么？未来你的创作会以什么方式进行？

高晓松：我觉得创作方式是很难改变的，尤其我20年来就这样写东西。但心境会极大不同，回想起许多在外面从未想起的人和事，一缕阳光下最淡的往事。我那时常想起李叔同和苏曼殊（均为民国著名僧人）临终说的两句话："悲欣交集"和"一切皆有情"。你在看不见天空的地方想外面的世界，觉得每个过往的人和事都有情，都是悲欢，都是缘分，都成了远方。你把心肠拿出来慢慢洗，不着急，慢慢的，就看见了。

新京报：当重新回到平常生活中，对那些被生活的监狱困住的人，你会说什么？

高晓松：我无话可说，这两个世界没有共通的语言。但我会经常发呆，我发呆时，就在想他们。不是怜悯，而是流放归来的人对远方的牵挂。

新京报：在自由被禁锢的时候，你如何看待自由？在生活变规律的时候，你如何看待散漫？在必须手写的时候，你如何看待机器？在看不见月光的时候，你又如何想象和描绘月光？

高晓松：里面的每个人都说，愿意付出全部身家包括性命，去换回自由。原来我觉得自由是属于知识分子的一个词，在里面，文盲也会喟叹自由。其他的，规律还是散漫，手写还是机器，在自由面前都不值一提。至于月光，其实即使你看得见月光，你描绘的也是心中的月亮。

新京报：你在电影、音乐上的新一年工作计划可以透露一些吗？

高晓松：会开自己的作品音乐会，我猜在这个浮躁的时代，还是有很多人愿意静下一个晚上，听听那个白衣飘飘的年代。音乐还会做，电影还会拍，但是会珍惜，做些让自己能热泪盈眶的东西。

（2012 年 1 月 20 日刊发，记者：刘玮）

与王石较劲：一个女演员的逆袭

田朴珺

演员。《中国合伙人》的联合制片人。

（图：田朴珺提供）

人生如戏，按部就班走即可

地产大亨王石与女友田朴珺同乘飞机的照片曝光，瞬间引爆了一个跨界大八卦。王石叱咤商界数十年，60岁离婚，美女、才女、莺飞燕语，什么阵势没见过？几乎每个看客都在问：田朴珺是谁？为什么是她？不同来源的消息勾画着田朴珺的轨迹：小演员→上长江商学院认识王石→一步登天。

从朋友那里得知网上铺天盖地都是她消息的时候，田朴珺正在北京的家里吃泡面。挂了电话，她继续吃完手中的泡面，然后才打开电脑、浏览新闻。她的微博一夜之间多了几百封私信，全是媒体的约访；手机振了一整天，像台座机似的插着充电线。田朴珺没有关闭评论和私信，还留着@王石的那条“12星座谁会迷上谁”的微博。谩骂的评论、委婉的约访，都没能把她拉出来说上几句。之后，她发了一条微博：“莫听穿林打叶声，何妨吟啸且徐行。人到世间就是一次修习，不论毁誉得失，苦乐讥称。你是否还能有一颗‘慈悲心’？”

近日，田朴珺作为电影《中国合伙人》的联合制片人再度回到公众视野，并接受了新京报专访。“愣”“拗”“叛逆”“执著”“较劲”，是她重复最多的自我描述，而关于“为什么是她”的答案，或许正隐藏在其中。

混港片，演感情戏很紧张

2003年“非典”期间，田朴珺闲在家里。一天，导演王晶打来电话，问她有没有兴趣到香港试镜。就是这次机会，她出演了王晶的《神勇铁金刚》，拍完这部电影处女作就签了一家香港经纪公司。

后来，陈可辛监制的《饺子》找演员试镜，公司就推荐了田朴珺，还是导演陈果说服陈可辛用了她。事后，田朴珺跟陈可辛说，“要是你当时没用我，就失去了一个很好的朋友。”

田朴珺接连拍了几部港片，大多是花瓶角色。田朴珺说，她不愿意规划一年拍几部戏、明年达到什么目标，而是安于命运的安排。

在香港那些年，田朴珺最大的收获就是和梁家辉、梁朝伟等一线演员的合作。她至今记得，有一次她和梁家辉、陈小春合作拍戏，当时特别紧张，因为她跟陈小春不熟，却要拍情感戏。“我的助手当时跟我讲，梁家辉悄悄跟陈小春说，人家是新人，你去跟人家说说话，这样大家熟一点，演起来会更自然一点。”

初入地产界，上班不要钱

2006年，田朴珺从香港回到内地，没有碰到适合的角色，闲的时间比较多，于是报名读了长江商学院传媒管理专业。在她看来，在那里学习最大的收获是学习到“成功的人应该多为他人考虑”。

很多人都觉得去长江商学院是结识人脉，田朴珺说，她当时去读的时候年纪比较小，没想那么多。她自认朋友圈有限，10年来往的朋友也不超过10个，也不太喜欢应酬，所以读完书之后还来往的同学不多。

后来有朋友在做房地产投资公司，田朴珺很感兴趣便去帮忙，但她不习惯朝九晚五的作息，不打卡，也不要工资，几个月下来，积累了投资领域的一些基础知识。第一单投资项目的成功让她顺利地入了行。这一年，她还参演了电视剧《相思树》。

田朴珺颇具商业头脑，进入地产界之前研究过服装行业，做过其他一些小生意，也吃过闭门羹。所以现在有人给她发小广告，如果方便，她都会收下。

生意场上，她自有一套简单的处事原则。跟人谈项目，她会开场就说：“你不要猜测我想什么，我也不想猜你想什么。这是我的一二三四五的想法，你把你一二三四五的想法告诉我，看能不能找到共同点。这样剩下的时间你可以回去陪家人，我也可以回去陪家人。”

赴美学表演，死磕莎士比亚

做生意期间，虽然没有再接戏，但她表演的梦想并未熄灭。去美国读书是田朴珺一直以来的心愿，读万卷书行万里路，2011年，她去纽约学习表演。

在美国，和其他留学生一样，她每天早上7点钟起床，9点钟上课。中午只有半个钟头吃饭。12:30下课，13:00上下午的课，上到下午五六点钟下课。回到家以后，她就要做一些功课，主要是要背大段的英文独白。

美国朋友把要背的课文录在她的手机里，田朴珺坐地铁的时候听，走路的时候也听。课程需要背莎士比亚，田朴珺当时觉得这些根本用不上，相当于让老外背唐诗宋词。但老师对莎士比亚的热爱感染了她，“突然你明白了好像唐诗宋词的韵律。你懂了韵律之后，你很自然被他的表演感动、哭出来了”。

现在回忆起来，田朴珺觉得那时候的留学生活很苦。功课做到晚上八九点钟，田朴珺就开始跟国内通电话，要跟编剧、制片人打电话。那时候她最盼望周末，周末她就睡觉。从晚上睡到第二天晚上7点多钟，约了人吃晚饭，发现爬不起来，跟人说能不吃吗？自己饿了从冰箱里拿个面包咬两口，又回去睡觉了。

与王石较劲，恶补家居设计

田朴珺与王石的恋情曝光后，长江商学院火了。大家感慨着要嫁得好赶紧报名读商学院，虽然学费贵但投资回报率高。而田朴珺的搭档陈小姐透露，田朴珺与王石并非相识于长江商学院。据田朴珺友人介绍，田朴珺做地产项目，比如烂尾楼收购，自然与房地产圈内的人有接触，这其中就包括王石。之后，他们依然各忙各的，有时也难得见上一面。在美国，两人也不在同一个城市学习生活，一个在波士顿，一个在纽约。

王石对田朴珺来说“亦师亦友”。和王石一起有很多机会去看楼盘的设计图。有一次，在美国，田朴珺指着一张家居设计图给王石看，说我觉得这里设计得不好。王石说，你不懂就不要随便批评，有本事你自己去设计。田朴珺从此较上了劲，去图书馆把所有关于设计的书都看了。而田朴珺对王石也有帮助——在旁人眼里，自打认识了田朴珺，王石穿着打扮变得“潮”了不少，很有“时尚”的味道。

田朴珺与王石恋情的后续发展引发出很多连锁反应，有媒体将其形容为“蝴蝶效应”。比如去年4月田朴珺就已经在运作的《中国合伙人》，到今年5月首映式时她的出场抢了三位男主演不少风头。而久未出演作品的田朴珺也被传出身价暴涨，在去年10月前一些没谈好的合作也很快回头来找她。从一个演员，到如今票房过4亿的电影制片人，田朴珺完成了一次女演员的逆袭。

（2013年6月5日刊发，记者：刘玮）

办日报，每天就是一场战斗

戴自更

新京报社社长。

（图：侯少卿）

回归常识的十年

新京报：这十年对你是怎样的十年？

戴自更：是至今我的生命中最有意义的十年。

新京报：为什么？

戴自更：王小波有一句话，大意是：人活在这个世界上，就是为了明白一些道理的。你通过生活、做事，明白了一些事理，再进一步因此做了些对社会有益的事情，就是有意义的吧。

新京报：懂得了哪些道理？

戴自更：通过办报及相关经历，搞清楚了一些常识，其实很多东西没那么复杂和高深。马克思讲得很经典：生产力决定生产关系，经济基础决定上层建筑。如果你明白国家是怎么回事，制度是怎么回事，媒体是怎么回事，新闻是怎么回事，就不会愤青，也不会盲从。在此基础上，价值判断也就有了，对事业，对工作；会有自己的态度。以前对很多问题比较纠缠，这十年是回归常识。

我觉得国家的经济体制、政治体制和社会体制改革会深化，自己很有做事的冲动。我在广东 10 年，亲眼目睹市民争相购买报纸并认真阅读的场面，觉得做媒体也可以赢得职业自豪感。

2003 年光明日报让我办一份新报纸。我相信自己可以有所作为。如果说我人生的第一个起点是读大学，办新京报就是第二个起点。

新京报：2002 年的媒体环境是怎样的？

戴自更：当时都市报正如火如荼，影响力渐渐超过了传统党报。当时没有微博，有门户网站，但影响力不及传统媒体。由于惯性思维，许多人把都市报称做小报，认为权威性不够，报道的是社会和娱乐新闻，主管部门也不太重视。

正确的选择

新京报：39 ~ 49 岁，是人生中最重要的十年，你的心态有怎样的改变？

戴自更：人说四十不惑，五十知天命。这十年我有了明确的方向并全力以赴，应该更加从容了。

新京报：新京报对你个人意味着什么？

戴自更：一次正确的选择，也是一次值得的付出。

新京报：作为报人，这十年你感受到的舆论环境有怎样的变化？

戴自更：一方面社会对舆论、对信息的渴望越来越强烈，与十年前相比，可以说呈几何级数增长，另一方面随着都市类媒体占报业市场的份额达 80%甚至更多，社会关注度越来越高，主管部门越来越重视，管理越来越具体。

近两年，随着微博的崛起，报纸的传播地位有些尴尬：一方面，自媒体使信息传播更快更透明，而报纸有 24 小时出刊周期，往往错过第一落点，办报的挑战更大。另一方面，民众对新闻报道和信息公开的呼声更高，但受各种制约，报纸很难完全满足，造成不适应。

新京报：作为一个报人，怎么去适应这种改变？

戴自更：我们的办报实践是把体现党的意志和反映群众呼声统一起来，尽可能真实报道，尽可能说真话，同时发挥好宣传、引导功能。新京报创办 10 年，也是不断适应环境的过程。新京报能够从无到有，从弱到强，赢得业内和广大读者的肯定，也从一个侧面反映舆论环境的变化。

创办新京报，回归常识

新京报：这十年，你作为报人经受的最大的挑战是什么？

戴自更：最大的挑战就是既要满足读者的知情权、表达权、监督权，同时还要把握导向，不触碰底线；要保证报纸的传播力、公信力，得到市场的认可，又要兼顾各方平衡，让自己有生存空间。

新京报：十年中，对你来说什么时候最艰难？

戴自更：新京报创办的时候，不仅资金短缺，出刊过程也一波三折，最后还是中宣部领导拍板定的，那段时间我是在极度焦虑、惶恐和兴奋中度过的。当然后来也有过报纸面临夭折的煎熬。

新京报：你说过，办报是场持久战，每天都在打一场战争，怎么保证每天都能打赢？

戴自更：打持久战的意思，一是指办报应有一个远的目标，每天坚持向目标推进；二是指办报不能急躁，不能指望毕其功于一役；三是指要把握好度，权衡自己与环境的优劣势，有所突破的同时也要保存实力。

办日报，每天就是一场战斗，战斗的累积是为了实现战略目标，因此必须把每天的报道做好。要把办报理念渗透在每一篇报道、每一个版面，这是很辛苦的工作，需要顽强的意志。我常说，新京报人在用心血办报。

一以贯之的价值观

新京报：这十年是新京报不断成长的十年，你觉得新京报始终不变的是什么？

戴自更：是它的文化和办报理念。新京报给人的感觉是有责任感、使命感的，是有新闻理想、专业品质的。大家清楚做报纸的目的就是真实记录时代，准确诠释常识，从而推动社会的进步。因为有共识，所以新京报人比较纯粹，也有情怀。

新京报：你觉得作为一个报人最应该坚持的是什么？

戴自更：一以贯之的价值观和独立判断。

新京报：未来新京报的定位会不会改变？

戴自更：不会。新京报划归北京市委宣传部主管主办，鲁炜部长特别强调要"继续坚持办报理念和方向不变"，他认为新京报"以独立的立场和客观的报道为基本准则，追求新闻的真实性和可读性，追求言论的稳健性和建设性，形成了优秀的、有内涵的品质"。他多次要求我们"把新京报办成国内最优秀、最有影响力的都市报"。我相信，在市委宣传部的支持下，按照现有"新型时政类都市报"的路子走下去，新京报会有更好的未来。

新京报：作为一份新型都市报，这十年新京报改变了什么？

戴自更：新京报的办报理念没变，但操作层面改变挺多，我们改版就一年一度。还有我们变得更有耐心，更加成熟，这是从内部说。

对报业生态，新京报为新型都市报做了有益的探索：一定程度上改变了舆论主管部门对都市报的看法，变得更加重视；新京报读者视角的时政报道模式，不拘一格的言论版块，为传统党报改版提供了借鉴；其它如深度报道、版式设计、行业周刊及其操作手段等，也为同类媒体所仿效。我觉得新京报在中国报业史上还是有值得说的东西。新京报的一些经典报道，也或多或少地推动了中国社会进步。

办"互联网时代的报纸"

新京报：这十年也是网络媒体壮大的十年，你什么时候感受到网络媒体对报纸的压力？

戴自更：2009 年秋天，我看到新浪微博，突然意识到它对报业将带来前所未有的冲击。

新京报：有什么应对策略？

戴自更：这两年我们提出"办互联网时代的报纸"，提出"深度化、杂志化、视觉化、差异化”的方向，我们不与微博拼传播速度、广度，而是拼专业、拼深度、拼公信力，我们相信在人人都会做饭的时代，依然需要专业的厨师。

当然，一代人只能做属于自己时代的事，作为传统媒体人，互联网时代的传播方式对我是挑战，接下来将作为鼓动者和组织者，让更多的员工利用新媒体、新技术去创新更多的传播平台，使新京报的优势能得到更好的体现和传播。

（2012 年 11 月 8 日刊发，记者：张寒）

附录：新京报社社歌

我的纸里包着我的火

作词：李多钰　牛文怡

作曲：张　谦

光明，在黑眼睛中闪亮
南方，是我们出发的地方

河流与河流在大地上相遇
梦想与梦想在长城下相拥

烽烟，在寂静中传递力量
驿站，沟通最初的思想

时间和时间连成历史
家园和家园结成城邦

远方，汹涌着走近身旁
眼前，舒卷起无限风光

当文明与文明连成世界
不变的是我们书写的方向

我的纸里包着我的火
我的火中燃出你的光

在风中在雨中在火中
在一切故事发生的时刻

在城市在原野在旅途
在任何苦难欢乐的现场

新京报

品质源于责任

新京报十周年丛书

下卷：他们的十年

下卷讲述了柳传志、钟南山、姚晨等人的故事，他们个个性格鲜明，虽采访笔法不同，但其内里的“精、气、神”则完全一致，这21位人士都是这十年来叱咤一时影响深远的时代风云人物，他们的嬉笑怒骂、命运沉浮、人生追求——就是一部活着的中国十年现代史。

总有人想去更远的地方

柳传志

联想控股有限公司董事长。

（图：薛珺）

一辆三轮车的梦想

浏览“联想控股”官方网站，点击“管理团队”，弹出的页面显示生于1944年的柳传志。

该页面还标注：1984年，柳传志等11名科研人员从中科院计算所一间不足20平方米的小平房起步，先后打造出联想集团、神州数码、君联资本、弘毅投资、融科智地等一批领先企业，培养出杨元庆、郭为、朱立南、赵令欢、陈国栋等多位领军人物。他立意高远，不断开创联想的新事业。

2011年，柳传志荣膺“CCTV中国经济年度人物”终身成就奖；2012年，美国《财富》杂志和美国有线电视新闻网（CNN）联合将柳传志评选为“中国十大最有影响力的商界人物”之一。

近日接受新京报记者专访时，柳传志历数联想那些年经历的坎坷。他从未想过放弃。他说：“在联想遇到那种千钧一发的时刻，我还坚持着，因为我身上肩负着使命。”

看见街上有人蹬三轮，柳传志与老伴会相视一笑。因为年轻时，夫妻俩曾相约，等老了，攒钱买一辆三轮。到时，他驾着三轮拉着老伴，在北京游一游。

按照柳传志的说法，那时买一辆三轮，要攒钱啊。那时就没想过会有改革开放，没想过会有今天的生活，真是梦里都梦不到。

这段经历是柳传志在参加一家知名视频网站对话节目时透露的。

回忆创业：不断有人上车下车

20世纪80年代，柳传志带着中科院计算所出来的一些人创业时，遇到一系列麻烦。跟他一起出来干的人在科学领域已有一定造诣，“都觉得自己了不起”。做事时一旦做不好，总会有各种各样的理由为自己开脱。这些人出来办企业，没有时间观念，开个会，总有人迟到。

后来，跟大家定好，再这么干，人心就散了。某一天，柳传志定规矩，开会迟到，罚站一分钟。结果，当天就有一位同事老吴开会迟到。老吴曾是中科院的一位老领导。柳传志对老吴说，对不起，老吴，你迟到了，你得罚站一分钟。晚上，散会后，“我去你们家罚站一分钟”。

陈规陋习带来的内部麻烦之外，更有市场后来对联想的考验。

柳传志接受新京报记者专访时道出联想经历的难关：1994年，国外企业大举进入中国，国内电脑厂商难以招架。柳传志当时的判断是：先别管人家怎么强大，先说我们有哪些问题，这些问题能不能改进。他带着公司的很多老同志和年轻人，到信息产业部向时任部长表态“高举民族企业的大旗”。那会儿，“玩命的心是有的，但信心并不是很足，只是豁出去了”。

2004 年，联想并购 IBM 的 PC 部门。媒体朋友赞赏联想的勇气，但没有信心。很多企业界的朋友私底下也念叨，这不像老柳做的事。今天，“我们已经能够说，联想并购 IBM 全球 PC 业务已经取得了成功。”

跨过每一道坎，联想都会去“复盘”：我们所做的工作，目的是什么；采取了哪些方法；当时的内外部环境是什么等。

柳传志将创业比作一列前进的火车。他说，不断有人上车下车，这很正常，但总有人想要去更远的地方。也许你创业能做到一定程度，之后退出肯定也比没做强。你要做得很大，就要做好更艰苦的准备。我们常说的一句话就是“困难无其数，从来不动摇”。

揭秘生存：有理想，不要理想化

在近些年的一次企业家演讲中，以光头示人的柳传志宣布了一个“秘诀”：有理想，不要理想化，依然是中国企业生存的一个有用原则。

面对柳传志的光头形象，有联想同事不解：柳总，你怎么剃光头了？柳传志回应称，我怎么就不能剃光头？同事接着说，你剃光头没有经过集团执委会讨论。

参加节目、发表演讲时的柳传志尽显真性情。回忆创业之初，柳传志曾描述说：自己自愿从中科院计算所出来，原因是“再这么干，我觉得没劲”。

在柳传志眼里，联想集团董事长杨元庆是真性情的人。柳传志觉得自己培养起来的几个人，不同意他的意见时，这些人会直接说出来。

他们俩也有很多碰撞的地方，柳传志坦言曾经“修理”过杨元庆。

诠释成功：做大事需目标坚定

在创办联想以及企业不断发展的过程中，柳传志给联想设定了长远的目标，坚决要把联想办成百年老店，并且坚定不移地向这个目标前进。

柳传志重视执行力。他打了一个“船和桥”的比方：如果过河是目标，就要想清楚是需要造桥或者需要造船作为手段，这实际上是执行方面的问题。

身为联想控股董事长，柳传志定义的成功是多元的：有些人的目标是做一份事，挣一份钱，享受很平静的家庭生活，对周围的人好，有责任感，不愧对良心。这也是一种成功。

他说，还有一种人，就是希望有更高的追求，非要做出一番事业，非要对社会有所贡献。真正要做一番大事业，觉得这样的人生才有意义的人，就要目标坚定，拥有坚韧不拔的毅力。

被各类商业杂志或者节目视为成功者的柳传志，在成功之后也曾遇到尴尬。

有网友向柳传志提问：很多企业家的家庭都经历过“重组”，然而你的家庭一直很美满。你如何应对美女诱惑？

柳传志回应说：“有一次，我遇到一个美女，想和她照相，结果被拒绝。我再三恳请，还是继续被拒绝，弄得我很沮丧。两三年后，终于同这位美女合影了。这事很简单，这位美女是我外孙女，当时她太小。”

同题问答：他们的十年

1. 作为一个成功的企业家，你觉得人生最大的失败是什么？

不能说是失败，只能说比较遗憾。我在 1988 年自己带了 30 万港元到香港去办香港联想，实际上我要对北京、香港两边的公司负责，这不仅难度大、风险大，而且对 1988 ~ 1994 年联想的发展影响也很大。当初，如果我专心、全力抓北京公司，那会是一个结果，但是不去香港，可能又会带来别的问题。历史不可假设。

2. 有什么话是你深信不疑并且最想教给孩子的？有什么话是你曾经深信不疑如今不以为然的？

记得我父亲说过，“我的孩子不管做什么，只要做一个正直的人都是我的好孩子。”刚办企业时，对于怎么样能够拿到批文，怎么样能够不触犯法律等等，我在这些事情上花费了大量精力。我想，这些东西越来越没有用处，因为中国的环境已越来越好。

3. 这十年是否有过放弃或不思进取的时候？如何度过那段艰难时光让自己继续前行？

我从未想过放弃。这可能与从小受到的社会教育和家庭教育有关，我父亲一直教导我：男子汉就要有担当。

（2013 年 7 月 1 日刊发，记者：林其玲）

一路走下去，因别无选择

俞敏洪 新东方教育科技集团董事长兼总裁。

让梦想照进现实

他有一个大学梦，为了圆梦，身为农村孩子的他连续参加3年高考，终于考上北京大学英语专业；

他有一个留学梦，为了圆梦，身为大学老师的他校外兼职培训，被学校处分后被迫辞职；

他为了生计，用一间破败的教室办起了英语培训机构，成为新东方学校的创始人；

他又用失败换来的经验，圆了数不清的年轻学子的留学梦。

如果梦想是光，俞敏洪将自己的梦想，照进了别人的现实，又在这个过程中，实现了自己的人生抱负。

如果追梦的过程是攀登，俞敏洪的追梦之旅总是那么曲折离奇，风景别样，但他仍然锲而不舍。

他曾说，蜗牛只要爬到金字塔顶端，它眼中所看到的世界，所收获的成就，跟雄鹰是一样的。

无论梦想的路上有多少险阻，他一直相信，在绝望中寻求希望。

1990年，身边的同学们纷纷出国时，28岁的英语教师俞敏洪离开北大，两手空空，创办了“新东方”。

23年后，当一部名为《中国合伙人》的电影上映，讲述三个年轻人创办英语培训学校取得成功的故事时，俞敏洪创办的“新东方”，已经圆了无数学子的留学梦。

电影与学校，剧本与现实，就在影迷们在两者间热心勾连时，恐怕想不到，当年俞敏洪寄托在那所校舍里的梦想，只是为了养活老婆孩子。“总要找点活干。”俞敏洪说，一路走下去，不是因为坚强，而是因为别无选择。

梦想出国：兼职打工被迫离开北大

最初，俞敏洪并没想到会成为别人留学梦的“垫脚石”。

1988年，当看到身边的同学一个个出国时，还在北京大学当英语老师的俞敏洪，也萌生了出国的想法。彼时，俞敏洪也获得了不少大学的Offer，但提供奖学金最多的学校，也仅能提供3/4奖学金，还差几千美元。

在“万元户”都少见的上世纪80年代，几千美元是一笔巨款。为了筹到这笔钱，俞敏洪在校外做起了兼职培训捞外快。正在他憧憬留学大洋彼岸时，事情“败露了”。

1990年秋天，北大给了俞敏洪通报处分，并在校园广播和著名的三角地橱窗里高调宣布了处分决定。曾任新东方副校长的李力说，他在北大20多年，从没有遇到过大喇叭广播处分决定的情况。

离开了北大，俞敏洪彻底没有了生活来源。为了养活老婆孩子，他决定下海。

虽然留学失败，俞敏洪却对出国考试和流程了如指掌，对英语培训也十分熟悉，他决定加入培训行业。

俞敏洪找到曾经讲过课的民办大学——东方大学，借用东方大学的牌子办英语培训部，每年交15%的管理费。借块牌子还能白拿钱，东方大学毫不犹豫地答应了。

俞敏洪在中关村二小租了间平房当教室，那是一间10平米、漏风漏雨的屋子。外面支一张桌子，再放把椅子，“东方大学英语培训部”正式成立，员工只有两个人——他是一把手，妻子打下手。

开班初期生源少，俞敏洪常常一个人骑车，拎着糨糊桶，满大街贴招生广告。冬天里，俞敏洪手中的糨糊经常冻成一块，不贴广告的时候，他就和妻子待在“教室”里虔诚守候，盼着来报名的学生。

为了学校：一口气喝下两斤白酒

第一天开张，只来了两个学生。看见只有俞敏洪夫妻俩，破桌子，破椅子，破房子，报名册上干干净净，两个学生满脸狐疑。俞敏洪见状连忙推销自己，好说歹说让两个学生交了钱。夫妻俩正高兴，两个学生又回来了。他们心里不踏实，把学费又要了回去。

接下来的星期六，又来了3个学生，十分爽快地扔下钱走了，“1000多块啊！一天的工夫，是我在北大教书四个月的工资啊！”俞敏洪说，虽然白天已经数清楚了，但晚上回家后，两口子还是把钱摊出来数，一边数着带角币的散钱，一边感叹，“来3个了，来3个了。”

俞敏洪还是担心，虽然很多学生来，但看过报名册就都走了，是不是觉得报名的人少，担心自己是骗子？第二天，他在托福、GRE的报名册上各填上30个假名字，造成从第31个开始招生的假象。

学生们终于相信他不是骗子了。

身份的转型并未让俞敏洪立刻适应市场竞争。创业早期他请人贴广告，阻碍别人招生，对手雇人把贴广告者捅伤。俞敏洪报警，警察说，事太小，杀人的案子都处理不过来。

“打听后我才知道，人家（竞争对手）早就疏通关系了。”俞敏洪说，问题终归要警察解决，可自己一个警察也不认识，就到刑警大队门口蹲点，后来找到一个慈眉善目的警察，请人家在旁边的饭店喝酒，警察又把大队长和政委拉出来一起吃午饭。

“我不知道跟他们怎么说话，只好一个劲说‘大哥喝’，‘大哥喝’”，俞敏洪当天一口气喝了两斤白酒，送到医院抢救了6个小时才抢救过来。抢救过来后，俞敏洪说的第一句话是，“我不干了，我要关掉学校。”

为了生计，第二天，他又背上背包去上课。俞敏洪说，新东方那句“在绝望中寻找希望”的校训，就酝酿于从北大出来后的这一阶段。

助人圆梦：后悔让新东方上市

随着中国留学浪潮在上世纪90年代日渐高涨，俞敏洪独特的教学在出国培训领域中异军突起。1995年，新东方年收入超过千万元。

此时，俞敏洪已经可以去留学了，不用再担心经济问题。但他发现，已经抛不下新东方这个帮助别人实现出国梦的事业，更想做一点有意义的事。

他说，自己给新东方定下的意义并不大，就是做一个“垫脚石”，学生跨不过去的时候，新东方让他跨过去。

一个人很难做出“意义”，这一年，俞敏洪赴美邀请了同学徐小平和王强。此后直到上市前的若干年，新东方成为一个奇特的图腾，“红宝书”，“假姨（GRE）”成为大学生日常问候和调侃中必不可少的词汇。“你能感觉到学生从你这儿学后得到高分，得到奖学金出国的那种喜悦。”俞敏洪说。

梦想是一回事，把它做成一门大生意，是另一回事。

俞敏洪曾在多个场合表达了对新东方上市的后悔。他说，上市就要对股东负责，就要追求规模和利润增长。而扩张之后的质量如何保证？

多次到访欧洲的俞敏洪，对巴黎的咖啡馆充满羡慕。他说，很多500年、800年的咖啡店现在还开着，规模没有变化，但经营者祖辈相传，充满了幸福感和骄傲感。

“想一下，如果咖啡店以每年20%的速度扩张，会变成什么样？整个巴黎都应该是同一家咖啡店了。”俞敏洪说，这感觉太荒谬了。

俞敏洪的下一个梦想，是建一所真正的非营利私人大学，有全球最好的师资，提供最好的教育。

同题问答：他们的十年

1. 作为一个成功的企业家，你觉得人生最大的失败是什么？

最失败的就是让新东方上市。其他都还好。这个失败从另一个意义上说也是成功，没有上市也没有这么多关注。

2. 有什么话是你深信不疑并且最想教给孩子的？有什么话是你曾经深信不疑如今不以为然的？

类似于做个好人，做个善良的人，我会跟孩子强调。没有不以为然的，“从绝望中寻找希望”一直用到今天，现在仍然深信，这是人生的支撑点。

3. 这十年是否有过放弃或不思进取的时候？如何度过那段艰难时光让自己继续前行？

有很多次。后来发现放弃会更糟。比如我之前说的新东方上市后想把它关掉。就像孩子惹你生气，你说这不是你的孩子，但最后他还是。

（2013 年 7 月 10 日刊发，记者：吴敏）

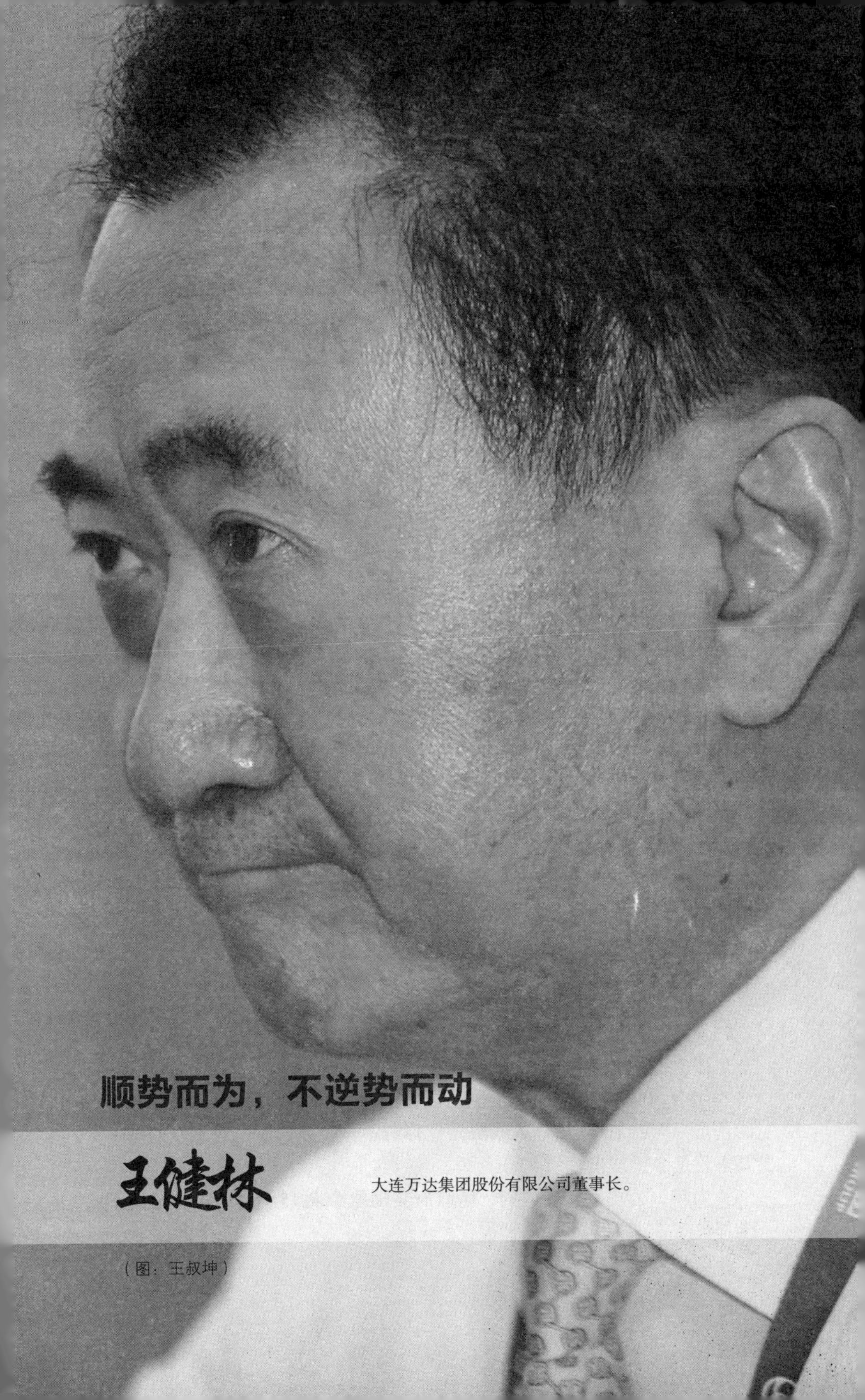

顺势而为，不逆势而动

王健林

大连万达集团股份有限公司董事长。

（图：王叔坤）

亲近政府，远离政治

曾提着成箱现金到万达球赛现场发奖金、耗资 164 亿收购美国院线 AMC……看上去花钱如流水的王健林，因其天生“大院的气质”，不苟言笑的表情，在公众眼中曾显得颇为神秘。

在同行眼中，他多次提到“亲近政府，远离政治”，更显其深刻理解政企关系、往来自如的独到之处。

从当初一家亏损企业到如今的进行跨国并购的商业航母，王健林真正独到之处在于“顺势而为”。有人说他是这个时代出色的商业机遇猎手，发现了最厚的雪——利润丰厚的地产行业，最长的坡——城市化进程、消费勃兴的几次重大的机会。

他对于中国梦的理解也紧紧联系着万达的未来：中国梦就是 13 亿个人梦的总和，这才是中国梦。而“13 亿人就是最好的市场，就是我最大的依靠。”

人生拐点：从官商到一名真正商人

1988 年，从部队转业的王健林任大连西岗区政府办公室主任刚两年。回忆起当年情形，他说：“这样下去在机关里就算当上了一个区长、副市长，也没有什么意思。”

正是这一年，时代给了他一个改变人生的机会。大连西岗区住宅开发公司因负债 149 万元濒临破产，区政府希望有能人拯救这个“烂摊子”。这显然是十分棘手的事情，除了王健林，当时没有人有勇气站出来。

“离开机关的时候，我办的是停薪留职。”王健林坦言，下海前也为自己留了后路，万一下海玩不转被“淹死”，还可以回去，依然享有正处职务和待遇。

万达的创业元年定格于 1989 年，这年他正式来到西岗区住宅开发公司任总经理。公司当时只有 20 多人，在一所几近废弃的楼内办公，办公室下面就是锅炉房，窗台和窗户上都是厚厚的煤灰。有人回忆当年说，公司的人每天回家鼻孔都是黑的。夏天人们进办公室后的第一件事就是往地上泼水降温。

当时 30 多岁的他，上任伊始披着军大衣，仿佛重现部队里下命令的情形：“我们这个集体，我决定了你若不做，就罚款；对工作的基本要求就是令行禁止。”

当年，公司就实现盈利，区政府奖励他个人 15 万元，但他分给了全部员工。

住宅开发公司终究是政府直属企业，很多事情还是上级机关和领导说了算，让王健林颇受掣肘。据说当时为了调走两个极不守纪律的司机，王健林跑到上级领导那里以辞职相要挟，才勉强把他们调走。

还有一年“五一”时，王健林租了几辆大巴率员工在大连周边玩了玩，员工还没回，纪检部门就接到了举报电话。后来还是因为王健林业绩突出，几个领导为他求情才没有给他处分，但每名员工都补交了 200 元的“旅游费”。

诸此种种事情，深深刺痛了王健林，他急切想改变现状。1991 年，国家体改委和大连市体改委准备在大连选 3 家企业，作为东北地区首批股份制试点单位。当时没人敢这样做，王健林却是兴冲冲地跑去申请。

几年后，国有股彻底退出。王健林终于成为一名真正的商人，大展拳脚的机会终于到来。

企业拐点：同事患癌激发转型想法

从小生长在相对优越的环境，王健林创业也没有经历过炼狱式的磨难。从官员转型成商人之后，几年时间就成为大连地产业翘楚。

同样，也是一件看起来很偶然的事情，触发了万达的转型。

公司有两名和王健林一起创业的老员工，一个得了癌症，一个得了肝病，“那时候没有医保，公司有钱就可以治，没钱就算了。我当时决定不管花多少钱也要救他们。”王健林分别为他们花了 200 多万、100 多万治病。

花这些钱，他并不心疼，但是给了自己很大启发：公司刚干几年，如果再发展二三十年，员工越来越多，年纪越来越大之后，到那时候有病的人多了怎么办？就是这种在今天看来很家长式的想法，促使万达转型：盖房子收租金，以保证源源不断的现金流。这就是万达商业地产的雏形。

现在回忆起来当初第一次遭遇的最大不顺，是沈阳一个商业地产项目“3 年打了 222 场官司”。“那段时间每天去公司什么事都不用做，专门应付打官司。”王健林当时就想，再过 5 年，如果还像这样老打官司，就撤出。

万达不但没有撤出商业地产，反而在这条路上越走越宽广：开商场影院、杀入旅游业、进入文化创意产业。

如今航母级的万达，是王健林下海之初并未曾料想到的。但在经济飞速发展的列车上，他把握住了机遇。用他的话讲就是“做企业一定要顺势而为，不要逆势而动。”

新的起点：对文化创意产业着了迷

王健林没出自传，也没有一本关于他个人的书。“枪手理解不了我的思想和我的感受。”王健林接受媒体采访时曾说，他要自己写，在七八年后，要等他的企业做到世界前100名时，再亲自出书立传。只不过此刻回忆起人生，不是奢华的生活，而是15岁那年，正长身体的他吃不饱饭，班长教他说先盛半碗赶紧吃，吃完再盛满满一碗。

他甚至很少上网，连一个不加V的微博马甲都没注册过。尽管万达旗下院线、百货应有尽有，但他没有更多的时间去休闲，省下来的时间全都用在了万达的投资和创意决策上。“只有投资和创意决策是我在负责，这些交给别人做也不放心。”王健林从商25年后发现了让自己着迷的文化创意产业，他用略带骄傲的语气告诉记者：“最快2014年，大家就能看到我的成果。”

对于万达的成功和未来，王健林说：我始终有一个观点，13亿人就是最好的市场，就是我最大的依靠。13亿人穷的时候是负担，可是13亿人富了以后就是最大的市场。

同题问答：他们的十年

1. 作为一个成功的企业家，你觉得人生最大的失败是什么？

工作太忙了，陪家人的时间太少。所以孩子跟妈妈比跟我更亲一些。

2. 有什么话是你深信不疑并且最想教给孩子的？有什么话是你曾经深信不疑如今不以为然的？

深信不疑的就是，心有多大舞台就有多大，志向大小决定了你成功的概率。不以为然的话好像还没有想到。

3. 这十年是否有过放弃或不思进取的时候？如何度过那段艰难时光让自己继续前行？

没有。军队磨练出我的意志和品质，是非常坚定的。

（2013年7月1日刊发，记者：李捷）

真正相信的才最有力量

郭广昌

复星集团董事长。

（图：秦斌）

创业就像一团痛苦燃烧着的火焰

“未来 20 年，我不提退休两个字，一定保持我的创业精神。”

这是 46 岁的郭广昌向复星集团员工们的承诺。郭广昌很“专一”：我这辈子就一件事，把复星做成全球平台。

这位毕业于复旦大学哲学系的浙江人，1994 年至今，一直担任复星集团董事长。同时，他也是第十一届全国人大代表、第十届全国工商联常委、全国青联常委、上海浙江商会名誉会长。

由于复星集团在保险业等多领域的投资经验，纽约时报将其比作迷你版的伯克希尔·哈撒韦公司，而英国金融时报将郭广昌称作“中国的巴菲特”。

但郭广昌说，我们谁都不像，我们就是自己。

1992 年,那个“出国热”风靡中国的时代,怀揣 4500 美元的郭广昌，毅然放弃了去美国读书的机会，把这笔钱“派了个更好的用处”。

20 年后，当初的 4500 美元奠定了如今 572 亿净资产的投资王国，郭广昌说，当初的选择没有遗憾，我这辈子就一件事，把复星做到全球平台。

25 年前：出走象牙塔

“我不入地狱谁入地狱。”

这句佛家禅语传达的是甘为别人牺牲，经世济民的精神。

1984 年，这句话作为欢迎词迎接初入校门的郭广昌，也点燃了他整个大学时代的梦想。

25 年前的 1988 年，郭广昌还在复旦大学哲学系读书。

他说，那时候多是一些宿舍里的梦想。

在当时的复旦校园里，和青年人一样，郭广昌洋溢着特有的热情与执着，在三五成群地大谈超越马克思的人中就有他。

毕业后，郭广昌得以留校，进入复旦大学团委。

骑自行车远行，是郭广昌青年时代最大的爱好之一。1988 年，郭广昌还是大三学生，担任学生干部的他组织了 12 名同学，骑着自行车一路南行奔赴海南。

他们沿东南海岸线边调查边思考，同时感受着经济特区火热的发展势头。

4500 美元：留学与留下

1992 年是一个非常重要的年份。邓小平南巡的旋风，不但在政治上造成了空前的震动，同样在经济上形成了强烈的号召力。

吴晓波在《激荡三十年》中写道，1992 年的春天给中国人留下了太深的印象，以至于后来的很多记忆中，这一年整个儿都是春天。

就在这样一个春天里，大批政府机构、科研院所的知识分子主动下海创业，如陈东升、冯仑、潘石屹等，这批人后来被称为“92 派”。其中就有郭广昌，他嗅到了巨大的商机，也看到了超速发展的机遇。

1992 年，郭广昌本想以 4500 美元的积蓄到美国去做研究深造，但是他没有去美国，而是决定和同学梁信军一起辞职创业。

“1992 年市场改革以后，创业到现在的感受就是很忙很辛苦，但就像一团火焰一样，在燃烧着，很痛快。”郭广昌说。

新公司名为广信科技咨询公司，这家公司诞生在不足 15 平方米的小房间里，是复星最早的雏形。

当时公司最值钱的家当是一台 386 电脑。这个时代的郭广昌仍然没有放弃自行车，为了跑业务，他经常骑着一辆 28 式“横梁”，穿梭在上海的大街小巷。

随后，同为复旦大学同学王群斌和范伟也加入了创业的行列。与郭广昌毕业于哲学系不同，其他三人来自遗传工程系。

郭广昌开玩笑说，哲学不是一个专业性特别强的学科，所以我没有任何特长，在分配工作职责时，很明显我不能负责技术部门，所以他们让我执掌这个公司。

“的确是最好的机会。”郭广昌说，改革开放以来，中国民营企业发展有 4 次重大机遇，其中包括邓小平南巡后，知识分子可以“下海”办公司。

对于放弃留学美国而创办公司的选择，郭广昌说“没有遗憾”。

572 亿净资产：谁的门徒？

最近两年，郭广昌喜欢上了太极拳，每周他都要去上两三次太极馆，他认为这种修炼“动静之间，暗藏活力。”

如今的复星已经从当初的“小舢板”，成长为拥有 572 亿净资产的“航空母舰”，舰长就是这位来自浙江东阳的复旦哲学系毕业生。

他说，自己以前连短信都懒得发，电话号码也不记，但从今年开始，他的电话里面有 20 几个微信群，几乎一直在微信群里工作。“我们家里 90% 的东西，都是在淘宝上买的，包括海鲜在内。”

郭广昌好学，为了自如地听说英语，他曾找过一个只会讲英语、不会讲汉语的助理，在车上的时间，助理就陪他练英语。

曾经有人说，郭广昌是上海滩“最像李嘉诚的人”，近几年他又被称为“中国最可能像巴菲特的人”或是“巴菲特的门徒”。

三大巨头李嘉诚、杰克·韦尔奇和沃伦·巴菲特给了郭广昌最大的启发。

2006年4月，郭广昌与长江商学院的同学马云、江南春、牛根生、朱新礼等人专门前往香港，拜会李嘉诚。

“我去求教的问题是如何管理好一家综合性企业。”郭广昌如今已经记不清李嘉诚全部的回答内容。但依然清晰记得，李嘉诚说过要不断学习；同时对自己所做的事情保持新鲜感。

近年来，随着复星业务的转型，巴菲特的投资思想和商业模式又被郭广昌奉为经典。

郭广昌位于上海复兴东路的办公室里，摆放最多的是各种版本的巴菲特传记。《滚雪球》更是在复星内部人手一本，这本书讲述的是巴菲特和他的财富人生。

郭广昌与巴菲特曾见过一次。2010年9月，巴菲特与比尔·盖茨在北京昌平拉斐特城堡庄园举办慈善晚宴，郭广昌是受邀的50位中国企业家之一。

“那次他和盖茨主要是介绍慈善的一些理想。”郭广昌说，这种交流很重要，但不是最重要的。巴菲特最重要的一点是克服了人性的弱点，即因为诱惑偏离原来设定的目标。而投资人最重要的是不要忘了自己最基本的东西。

问题问答：他们的十年

1. 作为一个成功的企业家，你觉得人生最大的失败是什么？

我觉得成功的评价标准不是别人给的，而是自己评价的。我觉得每个人都要找到那种内心的平衡，别人看来的成功也许自己觉得失败，而别人看来的失败也许是成功，还是回归我心吧。

2. 有什么话是你深信不疑并且最想教给孩子的？有什么话是你曾经深信不疑如今不以为然的？

真正相信的东西是最有力量的。

3. 这十年是否有过放弃或不思进取的时候？如何度过那段艰难时光让自己继续前行？

我一直在努力改变。

（2013年8月14日刊发，记者：李蕾）

资本铺路，促电影产业化

王中磊

华谊兄弟传媒股份有限公司总裁。

（图/赵京）

观影：冯小刚因灯“疯狂”

论及十几年的影视制作生涯，华谊兄弟传媒股份有限公司总裁王中磊接受新京报记者采访时表示，电影业最妙之处是每天都有不同的挑战，工作一点都不枯燥。

“华谊兄弟”官方网站显示，作为国内商业成绩最好的民营商业公司，华谊兄弟传媒股份有限公司开发和制作了诸多卖座大片，如《手机》、《天下无贼》、《宝贝计划》、《集结号》、《天堂口》、《非诚勿扰》系列、《功夫之王》、《风声》、《游龙戏凤》、《唐山大地震》、《狄仁杰之通天帝国》。

华谊兄弟如今是中国电影业的“龙头企业”。王中磊认为，“龙头”不一定是指最赚钱的，而是电影理念最领先，更有勇气开拓的公司。

由华谊兄弟出品制作、冯小刚执导的电影《一九四二》近期获得华语电影传媒大奖之“百家传媒年度致敬电影”荣誉。王中磊发表获奖感言时称：“我在这也向电影传媒工作者致敬，感谢你们一直默默坚守，为如今纷乱嘈杂的华语影坛去芜存菁。”

王中磊紧紧抱住冯小刚，不停地捋他的后背，希望导演安静下来。

王中磊接受一家卫视采访时曾回忆，冯小刚导演当时处于“疯狂”的状态，他将临时帐篷内的所有能砸的东西都砸了。

这样的“疯狂”与灯有关。2010 年 7 月 12 日，《唐山大地震》在唐山体育场举行首映式。未料电影开演前出了问题，体育场的灯未按事先约定的要求关闭，影响了观影效果。

王中磊当时在帐篷内安抚冯小刚说，现在你要平静，因为现在外面有 10000 人看电影，如果这边的情绪波及到他们，可能大家情绪都会变得不好。听完此话，冯小刚心情稍微平复。经过协调，影响观影的灯终于关闭了。

在哥哥王中军眼里，王中磊“身上承担了许多同龄人无缘体验的压力和高速成长”。

套现：资助有才华的电影人

谈及王中磊，冯小刚曾这样评价：认识中磊时，当时觉得中磊还是个小孩，不知不觉，中磊也都 40 岁了……最让我感激的是《集结号》的首映式，中磊做了一个让我非常难忘、非常感动的首映式，中磊下了很大的心血。

2007 年 12 月 20 日，《集结号》在北京举行全球首映式。按照王中磊的设计，首映式邀请了参演过冯小刚电影的演员来讲述冯小刚的影片，并用歌声唤起观众的回忆，最终形成“万人观影，百星贺岁”的场面。王中磊称，这种宣传方式后来被很多电影宣传复制了。

据其回忆，《集结号》在上映之前就遭遇业内和观众的质疑，因为电影主演（张涵予）当时还不是明星，而档期“对手”《投名状》则有华语电影圈三个大明星（李连杰、刘德华和金城武）和导演陈可辛，结果《集结号》成为当年的票房冠军。上述两部电影由“华谊兄弟”开发和制作。

2013 年 5 月，作为华谊兄弟第二大股东，王中磊两次减持华谊兄弟股票，套现 1.77 亿元人民币。3 个多月后接受新京报记者采访，现年 43 岁的王中磊解释说，套现是给自己多年创业的奖励，“我从大学毕业就开始创业，20 多年了，算是给自己发红包。一方面，这能体现成功；另一方面，财富并不是吃喝，而是要拿它做更多的事”。

王中磊所说的“做更多的事”，其中就包括尽可能资助更多有才华的年轻人加入中国电影工业。

“触电”：了解剧组运转过程

王中磊将进军影视业视作“偶然”。

17 年前，他和哥哥王中军首次投资电影。“那时，很单纯。从公司角度来讲，是另一种创业。从个人角度而言，算是乐趣和好奇。”

1997 年年底，王中磊在地铁里看到冯小刚电影《甲方乙方》的海报。他本能地觉得，这部电影会和以前的国产片不一样，看过后果然觉得新鲜，这也坚定了他投资电影的决心。

1998 年，华谊兄弟试水电视剧《心理诊所》，净赚 400 多万元人民币。同年，华谊兄弟一口气投资了三部电影：姜文的《鬼子来了》、陈凯歌的《荆轲刺秦王》以及冯小刚的《没完没了》。《没完没了》改变了华谊兄弟和王中磊的命运。

1998 年前后，中国电影业还处在计划经济和市场经济过渡阶段。王中磊回忆称：“之前，北影厂拍多少电影是有定量的，要求多少反映干部的电影；如果遇到抗战胜利周年纪念，要拍多少反映抗战的电影。我们以民营公司身份进入，好处是不受这样的限制。更多是有感而发，觉得有意思的就去拍，产量也没那么大，只是觉得能比广告公司赚钱就行。”

冯小刚的《没完没了》是王中磊第一次系统接触电影业。华谊兄弟

不仅对《没完没了》的投资比例占到 90%，还参与发行。此外，王中磊在影片中客串了一个角色。回忆起人生中的“首次触电”，王中磊说：“我把这当成一个有趣的事，还能了解剧组正常运作过程。”

聊起在电影业的经验，王中磊总结认为，一方面是华谊兄弟做得很专注，另一方面也不否认运气的重要性。然而，运气并不总是华谊兄弟“专用品”。2010 年堪称华谊兄弟比较艰难的一年。当年上半年，武侠片《追影》和中德合拍片《拉贝日记》连续经历票房失败。这也是华谊兄弟 10 年少见的现象。整个团队信心遭受打击。

王中磊逐渐认识到，电影这种商品不确定性非常强，很多东西是无法提前计算的。“别说一个公司，可能一个导演和演员，你总会有一天要拍烂片的。但这个行业有魅力的地方，大家记住你的永远是成功电影。”

上市：从更高境界看待行业

2009 年 10 月 30 日，华谊兄弟成为中国国内首家上市的民营电影公司。

公司上市敲钟那天，王中磊还在犹豫，他是和哥哥王中军一起去敲钟，还是同上海的朋友一起品味红酒？

几年后，王中磊最终意识到，公司上市不只是对华谊兄弟，而且对中国电影业有帮助。“让大家找到一条路，电影和娱乐如何变成产业。没有同资本、金融结合，华谊兄弟永远只会是一个工作室。”

王中磊的感受是，上市给公司带来很多的资源，不只是钱。此外，他学会从更高境界来看待行业和系统。“对我来说，这是成长”。

华谊兄弟参与投资了韩国棒球励志电影《大明猩》。一开始，国内很多人都不看好这个项目。一方面，韩国电影在中国市场一直不受待见；另一方面，棒球在中国属于冷门项目。不过，王中磊有自己的考虑。他参与投资韩国电影《大明猩》是为了刺激下国内电影业。

执导《大明猩》的导演金容华和他的团队，为实现 CG 大猩猩（CG 为“Computer Graphics”的缩写，意为“电脑图形”）和真人演员表演，单独成立了一家特效公司。

王中磊感慨说：“金容华团队用两年半时间做研发，中国的电影业有多少投资是放在技术研发上？中国电影业投资的大部分是支付明星片酬和盒饭钱。”

同题问答：他们的十年

1. 作为一个成功者的企业家，你觉得人生最大的失败是什么？

目前还没有。

2. 有什么话是你深信不疑且最想教给孩子的？

人生是自己的选择，我告诉我儿子，学习是人生必经过程，把这过程过好后，进入社会他可以成为李嘉诚，也可以成为自己。

3. 这十年是否有过放弃或不思进取的时候？如何度过那段艰难时光让自己继续前行？

几乎每个月都有那么两三天，我很享受那种感觉。我可以很顺利度过艰难时光，我也想偷懒，也想不劳而获，但很快我又会突然想见到我的同事，回到办公桌前。

（2013年8月27日刊发，记者：杨林）

40岁重新再来，没什么大不了

雷军

小米科技创始人、董事长兼首席执行官。

（图：秦斌）

我反对大学生创业

他有一个梦想，写一套软件，运行在全世界每台电脑上。

他和同事合著的《深入 DOS 编程》，让程序员工作时须对照多本编程资料的历史一去不返。

他有一个梦想，办一家全世界最牛的软件公司。

金山的快译、画王、毒霸、单机游戏、网游等，无一不是他和他团队的努力，金山 WPS 更是成了民族软件的希望。

追梦的道路上，雷军在 40 岁前已做了太多事：卓越卖了、金山上市了、天使投资也不错，但他说，18 岁时的理想一直没实现，心里不踏实。

年过 40 岁的雷军说，如果输了，这辈子就彻底踏实了。

于是，“小米”诞生了。

坐在自己小米的办公室里，雷军一罐接一罐喝着可乐，语气欢快得像个孩子。此刻，他已不是神坛上为青年人布道的“雷布斯”。

2012 年 12 月，中国经济年度人物评选揭晓，小米公司董事长雷军获得年度新锐奖。在 IT 江湖叱咤 24 年后，44 岁的雷军重归新锐。尽管身处“新锐”的队伍里，但在大学生创业这件事上，雷军却没有盲目支持。

“我反对大学生创业，因为这事我干过。”雷军说。

逐梦：公司没利润打牌赢饭钱

1990 年 7、8 月份，大三暑假。雷军的朋友王全国有个同事，和另一个人想办家公司，拉雷军和王全国入伙，让他俩负责技术和服务，股份 4 个人平分。雷军对自己的技术相当自信，几乎没有犹豫就答应了。

公司取名 Sunsir（三色），希望红黄蓝三原色创造七彩的新世界。4 个人都没有什么钱，也没有找人投资，最后还是雷军帮公司拿了第一张单子赚了几千元，才开始启动。

刚开始，公司租用了武汉珞瑜饭店 103 房间作为办公室，什么赚钱就做什么，没什么套路。每天忙得热火朝天，白天跑市场销售，晚上回来做开发。后来找了一个方向，做仿制汉卡。办公室十几平方米，放了桌子和电脑，就没什么地方了。4 个人晚上基本不回宿舍，睡觉时就直接躺在办公室里。实在找不到地方躺的人，就只能坐在电脑前干活了。

没过多久，公司仿制汉卡的技术被人盗用，对方一次做的量更多，卖的价钱也比他们便宜，这个产品几乎没挣到什么钱。

团队看似强大，公司人最多的时候有 14 个人，业务范畴也挺宽，

卖过电脑，做过仿制汉卡，甚至接过打字印刷的活。实际上，公司账上基本没什么钱，连吃饭都是个问题。有个兄弟吹牛说麻将打得好，自告奋勇去和食堂师傅打麻将，真的赢了一大堆饭菜票。后来公司实在没钱的时候，团队就派他去打麻将赢饭菜票。

“我们就是这样过日子的。”雷军说。

还有件很烦心的事，就是4个股份相同的股东，谁做董事长，谁说了算。

彼时，雷军刚刚20岁出头，不想掺和这样的事情，但同伴还是好几次把他从武大的教室里叫出来开会，一开就是一个通宵。短短几个月时间，董事长改选了两次。

高涨的创业热情被残酷的现实一天一天消磨，雷军开始思考一个问题：作为一个学生，我是否具备创业所需要的能力？琢磨数晚，他提出了散伙。

那是冬天的一个星期天，大家同意了雷军和王全国退出，两个人分了一台286、一台打印机和一堆芯片，就离开了。

“现在想来很荒唐，像过家家一样。”雷军说，这段创业经历，让自己看清楚了现实——没有哪家国内大企业是大学生创业做成的。

逆战：金山让我懂得顺势而为

上世纪90年代很长一段时间，金山成为中国民资软件的旗帜性企业，但到了1996年，金山差点关门。当时，微软进入中国市场，发布office中文版，金山的核心产品WPS“前有微软，后有盗版”，遭遇夹击。

27岁的雷军做出了多数年轻人都会做的一个决定——坚持WPS。这导致此后金山的词霸、毒霸、游戏，所有都是为了赚钱养活WPS团队。

“1998年腾讯创业，1999年李彦宏创办百度，1999年末阿里巴巴创业。我们坚持WPS，但却错过了整个互联网。”雷军说，当年他把所有优秀的人才都派去做WPS，所有以战养战赚来的钱全部用来养WPS，这让当时的金山，“背了一个巨大包袱在长征”。

回顾在金山的经历时，雷军说，坚持做WPS让金山跟互联网擦肩而过，而金山后来所有的艰难痛苦，跟这个决定密不可分，包括后来金山杀毒软件面临360免费挑战时的困境。

2007年金山上市，雷军以“身体原因”宣布退休。

“我很内疚，那个决定是我10多年前做出来的。后来我反复复盘，假如我们不做（WPS）呢？”雷军说，他当年的那个决定叫做“不顺势”，顺势就应该做互联网。可是当时输了不服气，要扳回来，所以才会做那个决定。

金山尚在徘徊时，腾讯、百度、阿里巴巴等后来者，却于2000年前后迅速崛起，“他们的例子让我悟透了，应当顺势而为。”

领悟：1%灵感>99%汗水

2011年，年过40岁的雷军复出创办小米科技。

很多人说他，在互联网行业里，40岁已经老了，应该要退休了，还折腾什么。雷军不信邪，“柳传志是40岁创业的，任正非是43岁，我觉得我40岁重新开始，也没有什么大不了的。”

他说，18岁时，自己想办世界一流的企业，到40岁发现目标渐行渐远，再试一把，输了也认了。不至于害怕得连试都不敢，老了后悔。

有人问雷军，你不认识郭台铭，谁帮你做手机？你不认识中移动的老大，谁帮你卖手机？初期的1年半，任何人不允许讲小米是雷军创办的，也不发新闻稿，拒绝接受任何采访。雷军的想法是，应该把所有的精力都集中在把产品做好，但最初的两个多月只找到100个用户。

“作为一家互联网公司，这是很寒碜的。”雷军说，为了感激这100个人，公司把他们的名字，写到了启动画面里，再全部加到公司的通讯录。没有广告费，没有推广渠道，没有资源，甚至是保密的。在这种情况下，雷军把心血全花在产品和用户上，跟用户沟通。

奇迹发生了，第1个星期100人，第2个星期200人，第3个星期400人，第5个星期800人，截至2013年上半年，小米手机用户达到1500万，MIUI用户超过了2000万。

他说，创办小米的心态和当年做金山不一样，不会总想去证明自己。

“我相信过很多东西，比如聪明加勤奋天下无敌。但40岁时发现，1%的灵感超过了99%的汗水。主流教育告诫大家要勤奋，我觉得勤奋是基本功，重点还是要把握大势。”

同题问答：他们的十年

1. 作为一个成功的企业家，你觉得人生最大的失败是什么？

很多道理明白得太晚。到了40岁才明白。

2. 有什么话是你深信不疑并且最想教给孩子的？有什么话是你曾经

深信不疑如今不以为然的？

最想教给孩子的是“顺势而为”。曾经深信不疑如今不以为然的是那句“成功 =1% 的灵感 +99% 的汗水”。

3. 这十年是否有过放弃或不思进取的时候？如何度过那段艰难时光让自己继续前行？

没有。我是一个很执着的人，是个完美主义者，很自信。为什么这十年职业生涯没有迷失过，因为我是一个有梦想的人。度过艰难时光就是凭借梦想和信仰。

（2013 年 8 月 8 日刊发，记者：刘夏　林其玲）

讲真话永远不变

钟南山　中国工程院院士。

（图：韩萌）

新京报：SARS 过去近 10 年，你认为国家和社会有什么变化？

钟南山：我个人觉得，因为 SRAS，政府开启了政府信息“公开、透明”之路。中央领导提出“以人为本”的执政思路，一定程度上，就是以 SARS 防控的经验为契机。后来，一系列公共卫生、食品安全以及大气污染等社会热点事件的处理，也能够看出，要想消除疑虑，稳定社会秩序，我们的政府必须“公开透明，依靠群众”。

直截了当讲心里话

新京报：但 2009 年的甲流疫情，后来国内外普遍认为，中国卫生部门反应过度？

钟南山：正相反，我觉得中国政府做得很好。当时没人能够预测疫情会怎样发展，因此，卫生疾控部门及时采取“外防输入，内防扩散”那样严格的防控策略是非常必要的。实践证明，国家很好地控制了甲流流行，而且，完全靠自己的力量研制出甲流疫苗，很快被普遍地安全使用。

新京报：你成为名人之后，发言会不会有顾虑？

钟南山：会思考。我的发言不能再像以前那样随心随性，需要更谨慎，更负责。可是，一旦决定发言，“直截了当讲心里话，讲真话”的态度，永远不会变。

新京报：你很早就提出过“大卫生部”的概念，但现在看似缺乏相关部门的认同，你还打算再提下去吗？

钟南山：很多事情，不能说因为几次不成功，就不再去说了，尤其是体制方面的改革是非常痛苦的。2005 年，吴仪副总理就提出过，将学术性、技术性、自律性、规范性的问题交给社会组织去做，现在依然没有实际行动。过去几年，中央领导一直提要快转变政府职能，但现状依然不乐观。

“大卫生部”的组建也是这样，其实并非没有进步。现在，药品安全、食品安全的综合协调职能已经归于卫生部，但医保支付等职能，还有待整合。

个人始终认为，要推动体制的改变，必须一直鼓与呼，推动成立“大卫生部”，这算是我的一个始终追求不息的心愿。

同题问答：他们的十年

1. 这十年，你最大的改变是什么？

社会地位改变了很多，从一个默默无闻的医生变成公众人物。

2. 这十年,最美好的事情是什么？最不愿回忆（看到）的事是什么？

一是我提出，“新甲流的死亡病例，哪会这么少？”很快，卫生部积极回应，启动了新的甲流死亡病例统计方法。政府作为让疫情更加透明。二是大气污染。我几次在人大会议上呼吁，后来，广东率先；现在，多个地方都比政府原先的规划提前公布了大气污染包括PM2.5污染的动态。较原来的计划提前了4年。

另外，推动国家订立《公共卫生法》是我一直的想法，但没有得到回应。可能是这个问题太大。今后还会说些具体的问题,一点一点去争取。

3. 未来10年，你对国家的最大期待是什么？

希望中央政府对医疗卫生领域的投资，超过GDP的5%。

4. 对自己未来10年有什么样的期待?

希望在广东省、广州市政府支持下，依托广州呼吸病研究所，建立一个亚洲最大的呼吸中心，开展科学研究，救治更多患者，培养更多呼吸科医生。

（2012年11月8日刊发，记者：魏铭言）

他让人类避免了20次以上的战争杀戮

袁隆平　中国工程院院士、水稻研究专家。

（图：孙纯霞）

背景

在一群党校考察团学员的拥簇下，面对摄影师的镜头，袁隆平整了整衣领。配合镜头，考察团有人喊道“袁老师，帅不帅？”人群中齐声“帅”。咔嚓一声，闪光灯亮起，袁隆平笑成眯缝眼。他今年 83 岁，是位不愿退休的老头儿。每天的行程安排得很满，飞来飞去。在过去的十年，他的足迹几乎遍布了全球。

联合国粮农组织前干事长马丁曾说过，没有袁隆平，地球的格局早已被战争改变，是他的贡献，让人类避免了至少 20 次以上战争的戮杀。

然而，面对外界的盛赞，这位中国杂交水稻之父，从研究水稻开始，粮食始终是他心里一个焦灼的存在。2000 年实现第一期超级稻目标，大面积示范一季稻亩产 700 公斤。2004 年，亩产 800 公斤；2011 年，亩产达 926.6 公斤，2012 年达到 940 ~ 950 公斤。

过去十年，不管是水稻亩产数量的增加，还是对惠农政策的呼吁，在袁隆平那里，都是殊途同归：中国人要自己养活自己。

超级稻实现三级跳

我国每年种杂交稻增产的粮食可多养活 7000 万人，相当于一个湖南省或一个法国的人口。我们超级稻品种的照片像瀑布一样，有一次我在国外做报告时打出来，孟加拉国农业部长带头站起来鼓掌，感到非常惊讶，振奋人心。

实际上，为了满足 21 世纪我国对粮食的要求，农业部在 1996 年就立项了中国超级稻育种计划。计划分了两个阶段，一是 1996 ~ 2000 年，实现大面积示范一季稻亩产 700 公斤；二是 2001 ~ 2005 年，指标是大面积示范亩产 800 公斤。

2000 年，我们实现了第一期超级稻目标，示范田亩产是 700 公斤，现已大面积种植多年，单产达到 550 公斤。

第二期超级稻我们提前一年，在 2004 年实现了示范田亩产 800 公斤的目标，大面积生产上达到了 600 公斤。

第二期超级稻研究成功后，2006 年农业部立项第三期超级稻，指标是大面积示范亩产 900 公斤。通过六七年的努力攻关，已顺利实现了第三期目标，2011 年和 2012 年分别在湖南回隆县、溆浦县的百亩示范片亩产达到 926.6 和 917.7 公斤。大面积推广之后，单产又可以上一个台阶。

从 1996 年超级稻育种立项开始，每 5 年就上一个新台阶，这个台阶很高，示范田是 100 公斤，大面积是 50 公斤 / 亩，我们都跨越了。我们这方面的研究一直领先于世界水平，这是值得我们骄傲的。

把杂交稻推向世界

我国研究的杂交稻在国外同样表现良好，近几年有 7 个国家在生产大面积推广杂交稻，其中有印度、越南、菲律宾、孟加拉、印度尼西亚、巴基斯坦和美国，而且增产效果非常明显。

2011 年，国外杂交稻种植面积达到 6000 多万亩，其中越南近几年杂交稻种植面积有 1000 万亩左右，单产是 420 公斤杂交稻，它本地品种只有 300 公斤，增产近 40%。越南由于大面积多年种杂交稻，由一个粮食比较短缺的国家跃居成为仅次于泰国的第二大大米出口国。

菲律宾也在种杂交稻，我有一个助手在那儿发展杂交稻，近两年来种植面积是 300 万亩，单产平均达到 470 公斤，而它的灌溉稻的平均产量只有 300 公斤。所以菲律宾前任总统阿罗约非常重视发展杂交稻，她 5 次接见我，要求 2012 年推广杂交稻 90 万公顷，使年增稻谷 150 万吨。

在美国这样的发达国家，我们把杂交稻技术在 80 年代初转让给美国，美国近几年已在生产上大面积应用杂交稻。去年的面积达到 600 万亩，占到全国水稻面积的 1/3，增产的幅度近 25%。

杂交稻在非洲、南美等十几个国家都非常成功，大概平均每亩增产 150 ~ 200 公斤。

我毕生追求是发展杂交稻，造福世界人民。全世界有 22 亿多亩，如果全世界有一半水稻种上杂交稻，每亩增产 150 公斤，每年能够增产 1.5 亿吨，可多养活 5 亿人口。因此，在世界范围内发展杂交稻对保障粮食安全和促进世界和平都有重要意义。

最担心农民不愿种粮

有一次我们去验收超级稻，有个农民跑来对我说，“你让稻谷增产，可稻谷多了价格又下来了，我们还是不赚钱。”

谷贱伤农，农民就没有积极性。我认为，可以给予种粮农民按售粮的多少进行直补，就是说国家以较高的价格收购粮食，再以平价向市场供应粮食。这可能操作上面有一定难度，所以希望国家采取多管齐下的措施，缓解农民种粮积极性不高的问题。

值得注意的是，随着农民种粮积极性降低，相应地影响到杂交稻制种业。制种业是国家战略性、基础性的核心产业，它是保障国家粮食安全的根本。2008年，杂交稻制种面积从2006年的150万亩减少到80万亩。这种形势影响到杂交水稻的种植面积，而杂交稻减少的话，那么国家粮食生产面积就得不到保障。

粮食安全中有种子安全的问题，种子安全中有种子储备的问题。国家要有20%的种子作为战备种子，以防不测之需。否则，遇到天灾或其他风险，国家的粮食安全必将受到影响。

问题问答：他们的十年

1. 这十年，你最大的改变是什么？

除了研究超级杂交稻先后实现了第一期、第二期、第三期目标以外，我个人很平淡，没有什么大的改变。

2. 这十年，最美好的事儿是什么？最不愿回忆（看到）的是什么？

最美好的事儿是杂交水稻逐步走向世界，让世界上越来越多的人们看到远离饥饿的希望。最不愿看到的是农民种粮积极性降低，相应地影响到杂交稻制种业。

3. 未来十年，你对个人的最大期待是什么？

我的期待是将农民从土地上彻底解脱出来，农民越少越好。

4. 未来十年，你对国家的最大期待是什么？

一是稳步提高粮食最低收购价，二是逐年加大财政补贴，使农民的种粮积极性得到保护，促进农民增收。

（2012年11月8日刊发，记者：李超）

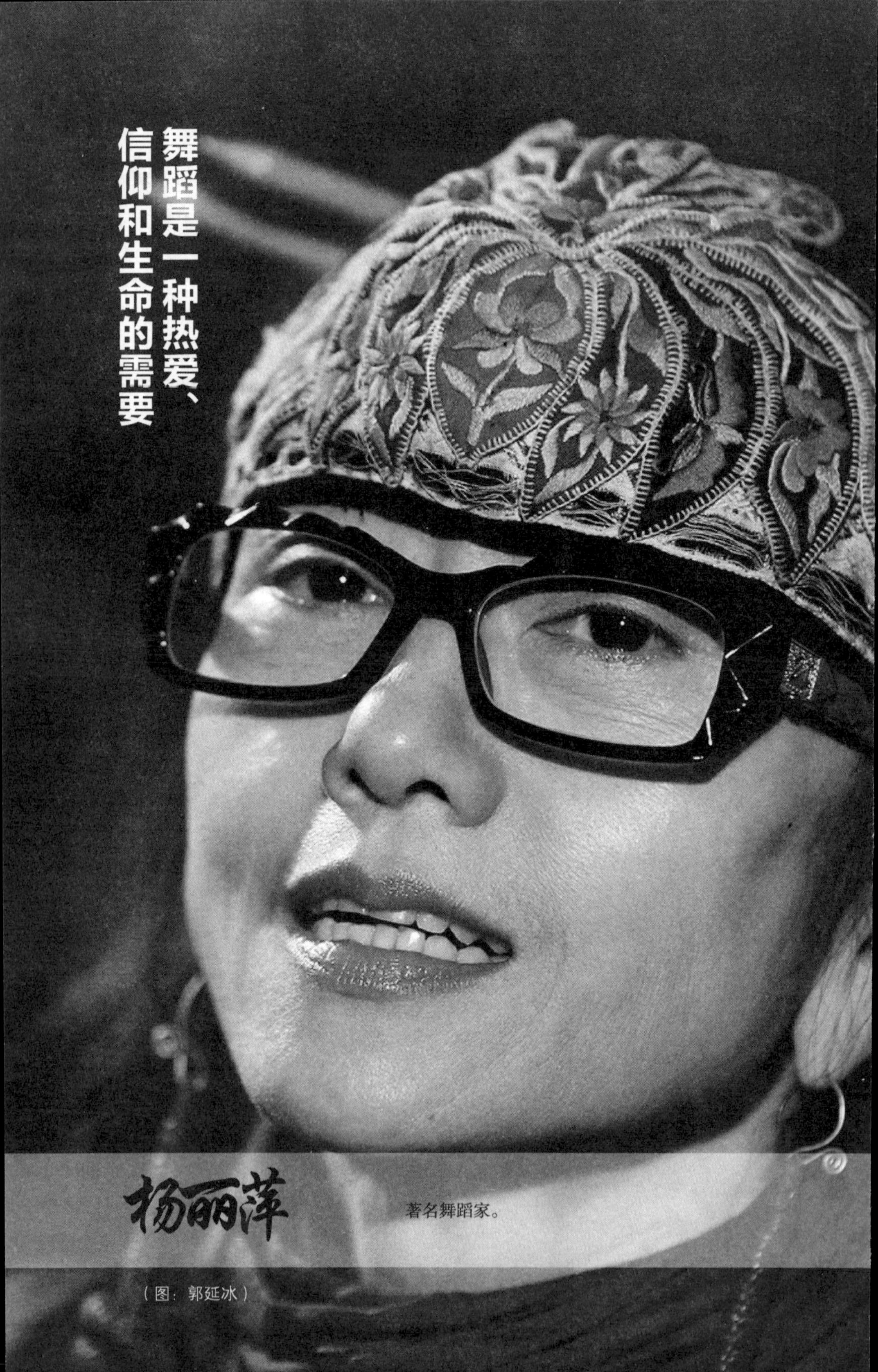

舞蹈是一种热爱、信仰和生命的需要

杨丽萍

著名舞蹈家。

（图：郭延冰）

把生命搬到舞台上

我是一个从小在村子里跳舞的白族人，小时候是因为歌颂生命才唱歌跳舞，后来成为一种职业，但我一直认为“舞蹈是一种热爱，一种信仰和生命的需要”。

最近十年是我开始创作的时间。以前我是舞者，表演多一点。可是以前谁会去买票啊，演出都是发票，后来国家气候才适合创作了。

我从小体验过农耕生活，我觉得，一棵树，一只小蚂蚁，都是我的孩子。看蝴蝶怎么破茧，我就知道生命是怎么回事。后来，我想把这些东西搬到舞台上。

给后人留下一个活着的民俗文化博物馆

2003年,《云南映像》在昆明首演。有人告诉我，“原生态”这个词就是从《云南映像》开始的。其实我觉得,原生态在民间就足够精彩,我不过给它一个舞台。演出只能两个小时，有的歌能唱三天三夜，你必须截取精华给观众看。它不需要多加工，它本身就有价值，是少数民族对生活和自然的观察与积累,融入到身体里再创造出来的。现实生活中,假的、添加的东西太多。这个东西它没有“化学添加剂”。所谓“原生态”,其实形容的是我们的态度。

在排《云南映像》的时候，演员都会自己模仿自然的动作。我从来不帮演员排练，最多只是排练队形。

现在一提《云南映像》，大家就要问我SARS时期的事。原生态，我就是觉得好，热爱才做。对于救助原生态文化，我也没有使命感，做一件事，哪有那么多杂念和功名心。我当时给汶川捐钱，连名字都不挂，拿的都是《云南映像》赚来的钱，但这些捐赠，不是拿出来给个人宣扬影响力的。

人家说，杨丽萍你救助原生态文化，你付出了多少，实际上是文化给我带来很多好处。《云南映像》使我得到了观众的赞美，还有票房，还有很多荣誉,我还得感谢它呢。不能总说你的付出,文化也带给你很多,这是相辅相成的，这样才有生命力可言，才成为一个生存的链条。可是这些，人家都看不到。

《云南映像》现在每天在昆明演，我想做的就是给后人留下一个活着的民俗文化博物馆。舞蹈不只是资料，而是表演艺术。通过活着的人演绎出来，才是真正的传承和延续。

今年是我跳舞的第41年,也该收官了。在舞台上是我最安宁的时刻,

那个空间像梦，但不是梦，不是所有人都能拥有这个时间，我已经享受了很多年。

同题问答：他们的十年

1. 这十年，你最大的改变是什么？

没什么改变。该认真就认真，不该认真就不认真。

2. 这十年，最美好的事儿是什么？最不愿回忆（看到）的是什么？

每天跳舞就是最好的事。没有最不愿回忆的事。

3. 未来十年，你对个人的最大期待是什么？

像现在这样就很好。不在舞台跳了，就换个地方跳。

4. 未来十年，你对国家的最大期待是什么？

国家在变好，文化生态越来越好，各方面都很好。

（2012年11月8日刊发，记者：陈然）

依旧有颗『花样年华』的心

杨元庆

联想集团总裁兼CEO。

（图：浦峰）

我们做了一笔漂亮的买卖

收购 IBM-PC 是联想迈向国际化的重要一步。但收购的过程可谓一波三折。

IBM 找过联想多次。第一次是 2002 年，当时我们没有把发展的战略想清楚，主要想在中国尝试多元化发展，就没有答应。到了 2003 年，IBM 再来找我们的时候，我们觉得这是一个机会，于是开始跟他们进行第一轮谈判，对他们的业务有了更深的了解以后，公司最终做出了并购决策。

在交易完成前，我们就细致地预测和评估了可能面临的几大风险。今天，各种事实都证明，我们所做的是一个非常好的交易，我们用非常合理的价格，不仅买到了一个百亿规模的全球性业务，而且还得到了顶尖笔记本电脑的开发、设计和生产能力，更得到了国际化的人才队伍和运营管理能力。

走向国际的感觉很不一样

过去联想基本上是一家在中国的公司，这几年实际上完全成为了一家国际性的公司。所以经常有人问我，最大的区别是在哪？之前和现在的感觉有何不同？

我的回答是，这是完全不一样的。如果只是作为一家本地的公司，只要对本地市场了解就行；若要运行一个全球化、国际化的公司，就一定要是一支懂得怎样运营全球化公司的管理团队才行。团队组成的多元化、国际化和全球化，也决定了公司所需要的文化是完全不一样的。这些都跟 2005 年以前我们的情况是有根本性的转变的，可以说是天壤之别。

我们要面对的管理的跨度不一样了。因为我们要管理多个市场，每个市场竞争状况不一样，对产品的需求不一样。这些方面都是我们在过去 7 年时间里面所学到的。现在我觉得已经越来越得心应手了。

精彩背后有更大挑战

今年是我觉得最带劲的一年！这一年，我们取得了联想有史以来最好的成绩；这一年，我们一次次实现突破、刷新记录。如果用一个最年轻人的，也是最符合我们今天主题的感叹词来形容这一年的感受的话，那应该就是——“哇塞！太精彩了！”

现在，我们已经连续 12 个季度成为增长最快的世界主要 PC 厂商。

我很高兴看到实现了联想人奋斗多年的梦想，但我们并没有因此而感到满足和放松。

我们已经从暗处走向明处，将来的竞争会越来越复杂和艰险。一直以来，在中国以外的市场，因为没什么知名度，规模也小，我们都在暗处，竞争对手容易忽视我们。而现在，随着我们迅速成长为全球第一，无异于一下子暴露在了聚光灯下。无论是客户，还是竞争对手，都会对我们另眼相看。

我知道这些都是我们必然要面对的挑战，是我们必须要承担的责任。这是无法逃避的现实和要求，我们唯一要做的，就是变压力为动力，让自己不断完善，不断进步。

同题问答：他们的十年

这十年，最美好的事儿是什么？

如果说十年前还算“花样年华”，但今天我应该已经是“早生华发”了。

不过用“花样年华”来形容我现在的心理年龄，倒也不为过。这10年来，天天和充满激情的同事战斗在一起，一起应对严峻的挑战，一起追求更高的目标，一起登上一座又一座高峰，让我觉得自己一直活力十足，甚至越来越年轻，越来越有劲头了！

（2012年11月8日刊发，记者：林其玲）

国学什么时候上“户口”

纪宝成　中国人民大学原校长。

（图：王政显）

对国学不能颁发学位想不通

2005年10月16日，中国人民大学国学院正式开学。这在纪宝成看来，是水到渠成的事：2002年他在人大成立孔子研究院，2004年启动“孔子文化月”，还倡议纂修《清史》、编撰《儒藏》，又以全国人大代表的身份提议将传统节日定为国家法定节假日。

人大国学院的成立掀起了一阵“国学热”。一位知名企业高管告诉纪宝成，到国外跟人家谈文化、谈理念，发现自己既不懂苏格拉底，又不懂孔夫子，大受刺激，回国后便恶补经典名著。中组部开展的司局级干部选学，人大最受欢迎的也包括传统文化课程。今年开办的一期就有200余位学员选学国学方面的知识，是选学人数最多的知识领域。

国学不是一级学科，不能颁发学位一直让纪宝成耿耿于怀。利用全国人大代表的身份，纪宝成早就开始呼吁制度性地设立国学学科和国学学位，但一直无果。2012年2月，纪宝成在讨论审议《学位授予与人才培养学科目录》（送审稿）的会议上再次做了努力，“讲话带有悲壮的色彩，多多少少带有一点怒气”。

一位领导安慰他，学位委员会的成员主要是理工科的，对国学不太了解。纪宝成仍气不打一处来：“我们口口声声说自己拥有五千年悠久文明，在实际工作中却漠视自己的传统文化，不让国学在现行学科体系合法地落上户口，这难道不是咄咄怪事，太匪夷所思了吗？”

2011年11月纪宝成从人大校长的岗位上卸任，担任商学院、教育学院教授、国学院院长，兼任着国家汉办/孔子学院总部高级顾问等职，总体说来“事情不少，压力很小”。他还组织了商业调查，重操经济专业的老本行，兴奋得“难以言表”。

现在纪宝成多少也有些时间陪自己的孙辈了。九岁的大外孙会挑选符合当时现场意境的诗词来背诵，这让纪宝成既惊讶也高兴。他笑着说，“受我的熏陶和影响？我不敢说。”

纪宝成不像年轻人那样玩微博，但坚持着写古典诗词的习惯。他出过两本诗词集，卸任校长后又创作了数十首，“经常填写，自娱自乐”。一首《水调歌头·喜“老九”重聚》在朋友中传阅。这首词感慨说，“往事依然在目，感慨在心头”，“喜庆身犹健，自在一无求”。

同题问答：他们的十年

1. 这十年你最大的改变是什么？

过去十年我最大的改变就是我与人民大学共同进步。

2. 这十年，最美好的事儿是什么？最不愿回忆（看到）的是什么？

最美好的有三条吧。第一，为中国人文社会科学的繁荣发展和地位提升而努力，呼吁解决重理轻文，包括重振国学和中华文化。第二，为人民大学发展进步和地位提升做出了自己的努力。第三，为全国高等教育的健康发展做出了自己应尽的努力。最遗憾的是：国学学位没批准下来，独生子女政策应当调整的建议没能实现，贫富差距不但没缩小反而在扩大。

3. 未来十年，你对个人的最大期待是什么？

做一些自己想做的事情。最关心的还是希望人民大学得到更好的发展，早日成为世界一流大学。

4. 未来十年，你对国家的最大期待是什么？

我期待改革取得更好的成绩，把整个社会关系处理得更加协调。同时国家向政治昌明方向发展，当然在外交上可以在钓鱼岛问题上更加强硬一点。

（2012 年 11 月 8 日刊发，记者：郭少峰）

早上在台北，中午在北京

赖声川

台湾戏剧导演。

（图 秦斌）

从小剧场开始

2002年的最后一天，交道口北兵马司胡同的小剧场被改名为“北剧场”后正式开张，此后3年，这里都是北京城里最重要的小剧场戏剧根据地。“北剧场”的名字是台湾“表演工作坊”创始人赖声川取的，意为台北和北京。这是赖声川尝试在北京推广台湾戏剧的一步，但这一步却并不太成功：就在北剧场开张后一年，赖声川因故从中撤出。忆及往事，赖声川说，自己是一个“超级理想主义的人”，“我们很早就看中南锣鼓巷，但当时太早了，没有任何资源，赔了很多钱”。

时光跳转至2006年，这一年赖声川的戏剧随着台湾地区和大陆的文化交流增多，开始在北京等地“落地生根”。他与中国国家话剧院合作推出首个大陆版《暗恋桃花源》备受关注。在此过程中，赖声川充当了大陆与台湾两岸文化交流良性进程的亲历者与见证者。

尤其在2008年后，交流开始加快步伐，而随着两岸直航，赖声川的日程也更加紧凑，“早上从台北飞，中午到北京就可以工作了”。

2008年，一台为大陆观众“量身打造”的新作《陪我看电视》在北京降生。在赖声川看来，真正的交流在于两岸文艺工作者的深度合作，而更高一阶段就是“在地创作”，即在演出所在地进行全新创作，融入当地的文化土壤。

采访当晚，赖声川刚刚结束了上海戏剧学院的授课，风尘仆仆地赶往杭州的家。再过两天是他58岁的生日。这个年纪的他依然健步如飞，笑声爽朗，随时能和年轻人打成一片。他勤奋得令人发指。跟他工作的人惊讶，他回复邮件的时间通常在深夜1点后。他强调，自己“是工匠，不是艺术家”，因为“艺术两个字太可怕，压力很大”。

“未来对我来说已不是戏剧技巧的问题，而是修行的问题，修行上能不能更精进，更上一层楼”。对于未来他说：“我想把票价弄低，文化不是1280元、880元，更不该以此为荣。我的戏应该是人人都能看的。”而在走过很多路，到过很多地方，看过很多戏剧之后，赖声川说未来的路还有很长。

同题问答：他们的十年

1. 这十年，你最大的改变是什么？

我个人没太大改变，还在我的轨道上往前走。我的轨道是很多元的，能做更多事情。这十年，我在篮球场上的动作是慢了一点，我也越来越不愿意跟20几岁的人一起打球。

2. 这十年，最美好的事儿是什么？最不愿回忆（看到）的是什么？

活着的每一天都很美好。这话很肉麻，但迎接外孙女的来临对我是一个非常特别的体验。有了小外孙女以后，我走进了另一种状态和境界，看见生命的循环。即使有些波折也是生命必然的展现，我都欣然地拥抱它。作为公众人物，被误会是正常的，我只能尽量做得更好一些。

3. 未来十年，你对个人的最大期待是什么？

我们很渺小，生命很浩大。我希望有更多时间给自己，更多的修行，慢慢地开悟、证悟、觉醒，接近生命的真相和本质。

4. 未来十年，你对国家的最大期待是什么？

大家渐渐开始认知到，几十年来快速经济成长带来的后遗症，就是一种普遍的精神空虚和价值观的混乱。快乐建立在内在的价值上，而不是外在的拥有。

（2012 年 11 月 8 日刊发，记者：陈然）

十年找到自己的方向

宁浩

电影导演、编剧。

（图：郭延冰）

我想打破那种“唯美”

从2002年拍第一部电影，我刚好走过了十年。这十年，我逐渐找到了自己的方向。

2002年，我执导了长片处女作《香火》，很多评价都说这部作品拍得很“老成”。其实，这个故事里的人物和状态，在我的成长记忆里已经存在很久了。

都说“三十而立”，我觉得我在30岁之前就立了，因为我入行很早，学生时代就到处拍MV、广告，发生在我身边的事情每天都在刺激着我，我要记录这个时代小人物的生活和状态。

《疯狂的石头》便是当时我想拍的其中一个故事。我在“石头”之后的几部作品，主角都是市井、无业游民、城市无产者，他们的可爱之处是有完整的价值观，还不乏智慧。有朋友说我有“审丑”倾向，其实我只是想打破那种“唯美”。

《疯狂的石头》能成，得感谢刘德华先生。2005年，刘德华看了我的第二部作品《绿草地》而选中我，投了300万。当时他只提出一个要求：不能太沉闷。我一开始的计划是拍60天，但是制片主任跟我说钱支撑不下来，最后是46天拍完。2005年12月29日，“疯狂的石头”在重庆杀青。我一个人在重庆又留了几天，基本天天在睡觉。

《疯狂的石头》口碑的引爆是在2006年6月的上海国际电影节。电影节期间每天的活动多达十几二十个，记者们都忙得晕头转向，如果当时不是刘德华亲自出席，并且提出在看完电影之后再接受采访，记者们一定不会过来捧场，因为所有人都会说：宁浩是谁？

观影后刘德华起身带头为我鼓掌，那一幕我永远也忘不了。

我觉得自己是被过度市场化、过度品牌化。感觉自己被贴上各种各样的标签。我也一直在试图很努力地去回避这个问题。

拍《黄金大劫案》是我个人的一个平衡阶段。也许是因为有了儿子，我开始越来越多地思考关于死亡、关于人生终点的问题。于是，我把它变成《黄金大劫案》里一个主要的议题，就是死亡到底是什么，我们如何面对这件事情。

现在，我仍在写新剧本，把我对人生的思考放进去。人在每个阶段都会有不同的状态，我曾认为这辈子不会要孩子，但是现在的我，开始珍惜与家人在一起的每一刻。我开始戒酒，为了提醒自己，我最近还把“戒酒”这两个字文在了脚腕上。

同题问答：他们的十年

1. 这十年，你最大的改变是什么？

我从一个孩子，或者说是从一个不负责任的状态，到承担起家庭的责任。

2. 这十年，最美好的事儿是什么？最不愿回忆（看到）的是什么？

家人健康、和睦。没什么不愿意回忆的事儿。

3. 未来十年，你对个人的最大期待是什么？

我能够保持我对艺术、文化的看法，坚持自己做文化的方式。

4. 未来十年，你对国家的最大期待是什么？

稳定的、良性的，向更先进的文明形态迈进，对电影文化的态度能更自信、更开放。

（2012 年 11 月 8 日刊发，记者：孙琳琳）

走出书斋为新教育『打工』

朱永新　新教育实验发起人。

（图：孙纯[illegible]）

“新教育疯子”

毫无疑问，对我来说，这10年最重大的事件就是2002年正式启动的新教育实验。从上世纪80年代开始，教育矛盾日渐突出：学生疲惫、父母困惑、教师苦恼、政府无奈，谁都想做好素质教育，最终却形成一个应试教育的怪圈。这一切，让我深为焦虑。

研究教育的我决定走出书斋，为改变教育现状做努力，苏州昆山玉峰实验学校成了新教育实验的第一所挂牌学校。

那时,我的身份也是苏州市主管教育的副市长,我常跟别人笑道:“每周一到周五，我为苏州市打工。每周六到周日，我为自己的理想打工。”到基层学校讲座，与师生直接交流，收一线教师为徒……

我理想中的教育，是教给孩子一生有用的东西，让师生可以“过一种幸福完整的教育生活”，学习不应该只为将来的工作与生活做准备，在为长远的人生与社会理想服务的同时，本身就该是幸福的生活。新教育并不排斥分数，而是反对为分数而分数，是在心灵的教育中顺理成章地收获分数。

越是牢固的圈，只要改变其中一环，整体就会断裂。应试教育的怪圈也是如此。有人说我是“教育疯子”，有人说新教育是“一个疯子领着一群傻子”。我只是认为：教育是播种理想的事业，没有理想的教育注定走不远。做理想的教育，没有一点疯子精神与傻子干劲，非常困难。

父亲的“礼物”

我的父亲是我人生和教育理念的启蒙老师。他是一位小学教师，当过小学校长，也当过聋哑学校校长，得到过“全国模范教师”称号，在当地倍受尊敬。2006年初,正在北京领取“中国十大教育英才”奖项的我,接到一个最不愿听到的消息：父亲去世了。

连夜赶回老家。苏北的夜是寒冷的，我的心比这夜更冷。跪拜在父亲灵柩前，手里的纸钱慢慢在瓦罐中化为缕缕青烟，我的思绪也随青烟在弥漫。最后的相聚，让我彻悟了父亲对我的意义。

在我印象里,他是严父。小学一年级起,父亲就给我安排了一项功课:每天早上5:30准时把我从床上拖起来习字，临摹柳公帖，一天都不落。虽没成书法家，却让我养成并保持至今的一个好习惯——“睁眼即起”。当人们还在梦中酣睡，我已挑灯早读了；当人们起床洗漱时，我已工作两个多小时了。这是父亲给我人生最大的财富，每天比别人多工作2小时，一年就多730小时，50年就多了整整1520天，每一分钟都是有效的生命！

父亲曾说：“要么不做，要做就做最好的”，即使退休后，他也不肯休息，他要把这副老骨头一起赔给教育。

那年，新教育实验刚进行4年。父亲曾说，教育改革好不好，关键看教师和学生有没有变化。10年新教育已拥有了专职团队，有了营造书香校园、师生共写随笔、聆听窗外声音、培养卓越口才、家校合作共建等“十大行动”改变学校生态，缔造完美教室。

我想，现在能告诉九泉之下的父亲，新教育最大的收获，就是实实在在帮助了教师和学生的成长。“晨诵、午读、暮省”“共读、共写、共同生活”等新教育生活方式，已改变了许多师生的生存状态。父亲如果能目睹新教育的现状，应该会感觉欣慰与骄傲。因为，这也是他的教育理想。

参政与议政

10年中，我的前5年是在苏州市人民政府工作，身份是分管教育、文化、广电、出版、城市管理、体育等工作的副市长。

作为学者，知识分子的使命是批评、建言，而作为官员的使命是行动、建设。在行政资源下，我更崇尚行动，很多思想如果不付诸行动，就很难真正改变现状。于是我深入苏州的大街小巷，大半年走破两双鞋子，对违章建筑、白色污染顽疾不手软。于是在市委市政府主要领导的支持下，有了在全国率先推出的义务教育费用全免、举办阅读节、农村村小现代化工程等一系列“把理想变成现实”的改革举措。

这10年，另一件值得言说的事情，就是我积极参与国家政治生活，2003年初我成为全国政协常委，2008年初当选为全国人大常委，每次都会征集网民意见，把民间声音带上去。对我最熟悉的教育问题，先后提出过近200份提案和建议，包括建议建立国家阅读节、呼吁停止名校办民校等等。不少建议被采纳，成为实实在在的政策。

我还专门写了一本书《给中国教育的100条建议》，它被评为“2011年大众喜爱的50本书”。我格外珍视这个读者投票产生的奖项。我很清楚：这表达着人们对教育的热切关注与迫切期许。想把美好的文字变为现实的生活，我们要做的还有很多。

总之，我的10年，是用心的，尽力的，问心无愧的，收获也是沉甸甸的。相信种子，相信岁月。对未来的10年，我充满信心和希望。

2007年，因为新教育实验，我被评为“中国改革十大新闻人物”。

从2002年起，我发起的新教育实验在全国推广，10年来吸引全国25个省市自治区的1511所实验学校、150余万名师生参与。这个自下而上、扎根民间的草根公益实验，已成为推动中国教育改革的一支重要力量。

同题问答：他们的十年

1. 这十年，你最大的改变是什么？

我最大的改变是走出了书斋，懂得了行动与坚守的力量。

2. 这十年，最美好的事儿是什么，最不愿看到的是什么？

最美好的是新教育事业的发展得到了一大批理想主义者的不断加盟，与志同道合的朋友一起做有意义的事，其乐无穷。

最不愿意看到的事情，是父亲的去世。

3. 未来十年，你对个人的最大期待是什么？

期待健康平安，有一个好的身体。这样可以为国家做更多的事情，为新教育的发展做更多事情。

4. 未来十年，你对国家的最大期待是什么？

希望国家能和平稳定地发展；希望进一步推进社会的公平正义，缩小社会的收入差距；希望文化真正地发展繁荣，形成全社会的共同价值与共同语言。

10年，在人类历史长河中连一朵浪花都算不上，但对任何个人而言，都堪称生命中至关重要的一个阶段。我与新教育实验一路走过来，也有10年时间了。

（2012年11月8日刊发，记者：廖爱玲）

期待民法典诞生

王利明

中国人民大学党委副书记、副校长。

（图：浦峰）

新京报：2008年，你通过公开竞聘后来成为人民大学副校长，这与你之前担任的人大法学院院长工作有何不同？

王利明：在法学院时，很多事情跟法学有直接关系。在学校做行政管理各种事务都有，更庞杂些。平时上班主要做管理和教学工作，周末、晚上一般做学术研究。我认为自己最重要的本职工作还是教书育人。我比较满意的，就是培养了一批优秀学生，有一批学生在实务部门和学界已相当有影响了。

新京报：十年来，我国在"私有财产权"保护的问题上，发生了哪些变化或调整？

王利明：十年来，有几个重大的、具有历史性的事件，有力促进了我国对财产权保护的完善：第一，党的十六大提出完善基本经济制度的两个"毫不动摇"原则，即"毫不动摇地巩固和发展公有制经济，毫不动摇地鼓励、支持、引导非公有制经济发展"。第二，宪法修改，强化对私有财产的保护。第三就是2007年《物权法》的颁行。《物权法》第一次以基本法的形式确立了财产的平等保护原则。

新京报：你参与起草的《物权法》中写进"平等保护"原则，很多人都在说这保护了富人的财产。

王利明：《物权法》首先是全面保护老百姓财产权的法律，是充分保障民生的法律，"老百姓最大的民生就是财产权"。物权法要保护的是合法取得的财产，至于如何在社会范围内实现收入合理分配，则属于相关经济政策及财税法律的范畴。只要是依法取得的财产，物权法都要保护，不区分所谓穷富。

其实，现代社会，穷富之间的划分没有固定界限，可能相互流动。《物权法》主张平等保护，就是要否定那种因穷人和富人的区别而在保护方面区别对待的观点。

新京报：《物权法》颁布，哪些事让你感觉到公民对财产权保护意识的提高？

王利明：我在一些地方调研时，会听到有官员抱怨，《物权法》颁布后，人们维权观念增强，拆迁工作越来越难做了。另一件印象很深的事情，是住宅用地使用权到期后自动续期。我身边许多人都认为，这一制度是给老百姓吃了个定心丸。

同题问答：他们的十年

1. 这十年，你最大的改变是什么？

从一个普通老师，走上了一定的管理工作岗位。

2. 这十年，最美好的事儿是什么，最不愿意看到的事儿是什么？

我本人是从农村出来的，感觉这十年农民生活水平有很大提高，这是让我感到最高兴的。最不希望看到的是对法治的破坏和践踏、漠视人权、侵害公民权利的社会现象。

3. 未来十年，你对个人最大的期待是什么？

制定一部民法典，创建中国自己的民法体系。这既是学术期待，也是法治期待。民法典是市民社会的圣经，是社会生活的百科全书，颁布了民法典，才能形成对私权全面而有效的保护。

4. 未来十年，你对国家的最大期待是什么？

建设一个富强、民主、文明、人民幸福的法治国家，中心词和落脚点还是法治国家。

（2012 年 11 月 8 日刊发，记者：郭少峰）

我目前不太适合成立家庭

郎朗

著名钢琴家。

（图：郭延冰）

我希望为音乐教育做些事

教育是郎朗过去几年里最关注的事情之一，他说一方面是社会需要他，另一方面，自己也喜欢做这样的工作，“社会进步需要用文化推动。”

在郎朗眼中，音乐教育还有许多提升的空间，“全球学音乐的人很多，国内也有好老师，但是这么多孩子在学钢琴，好老师的数量却微不足道。”

郎朗说，不只是在中国，即便在美国，很多学校也没有音乐课，很多孩子到20岁还没有听过肖邦的曲子，没有听过《献给爱丽丝》。“在中国，估计很多人也没听过《二泉映月》，这确实是教育系统出了问题。”

郎朗说，伟大的作品是超越时代的，也应该分享给所有的时代所有的人，他希望有一天，中国的音乐在国际上也能被接受。

当钢琴家让郎朗的生活节奏变得很快，但他说未来还是希望多做一些教育和公益上的事情。

2003年10月，联合国几位官员到卡内基音乐厅听了郎朗的独奏音乐会，随后，他们邀请郎朗来到联合国儿童基金会的大本营，给他介绍儿童需要的东西，从食物到教育基金。两周后，联合国的官员问郎朗愿不愿意成为亲善大使，郎朗欣然接受。

被任命亲善大使时，郎朗刚满22岁，他是第一位担任此职的钢琴家，也是最年轻的亲善大使。

2004年8月，郎朗作为亲善大使来到坦桑尼亚，那里的孩子们正在受疟疾、艾滋病的侵袭，大都没有见过钢琴，在为他们表演了肖邦的《夜曲》和《华尔兹》后，之前害羞得不敢同郎朗讲话的孩子们一下活跃起来，还和郎朗分享起自己的愿望，“音乐真的很神奇，能给孩子们带来希望，让他们敞开心扉。”

从非洲回来后，郎朗开始筹备慈善音乐会，为孩子们筹集资金。最成功的一场是2005年在美国休斯敦举办的音乐会，募集到了2000万美元，数额远超预期。

2007年岁尾，郎朗入围格莱美最佳演奏家奖提名，成为入围该奖的第一个中国人。

2008年10月20日，郎朗的国际音乐基金会在纽约宣布正式运行，三位选拔出的琴童得到郎朗的现场音乐辅导。

同题问答：他们的十年

1. 这十年，你最大的改变是什么？

更成熟了。虽然很累，但是能看到很多美好的东西，也看到很多需

要改进的东西。我觉得音乐给了我新的人生，以前很多东西只能在想象中，从事这个事业让我真的见识到了。

2. 这十年，最美好的事儿是什么？最不愿回忆的是什么？

当钢琴家是我小时候的梦想，最美好的事情就是梦想实现了。另外，在全球和最好乐团合作，在最好的音乐厅开音乐会也是最美好的事。

没什么不愿意回忆的，不能说每件事都十全十美，但是我觉得没有太大遗憾。

3. 未来十年，你对个人的最大期待是什么？

不能光是事业了吧，怎么也得有家庭了。比较难的是，我目前的生活状态，不太适合成立家庭，成家起码得在一个城市安定下来，才有稳定感觉。

4. 未来十年，你对国家的最大期待是什么？

如果从文化的角度看，软件上我们还需要增强。比如我们建立了很多音乐厅，却没什么节目。成天租出去，不利于积累观众，光是散场不可能产生热爱艺术的群体。软件的培养有很长的路要走，音乐教育机构和音乐厅责任很大。

（2012 年 11 月 8 日刊发，记者：姜妍）

想不到“许三多”影响这么多人

王宝强　著名演员。

（图：浦峰）

“就一庄稼汉，还会演戏？”一片嘲笑声，包括我的父母。当演员这个志向，是我在8岁时立下的。那时我刚看完《少林寺》，浑身冒着沸腾的热气儿，决定要将表演作为我终生的职业。

首次主演：怕没拍完就不要我了

当年，我二话不说，自己买了去少林寺的火车票，成为俗家弟子学武，一学就是6年。

少林寺是个磨练人心志的地方。每天都要重复高强度训练，如果坚持不下来，师傅的长棍马上就落到屁股上，疼得咬牙跺脚。有一次我过生日，请假没被师父批准，就带着情绪练功，师父一脚把我踢倒在地，送了我一个难忘的“生日礼物”。

后来，我听说北京有个北影厂（北京电影制片厂），好多剧组到厂门口选演员。1998年，我决定去北京坐在火车上，我还不知道，接下来的生活叫北漂。

我住在地下室，每天在北影厂门口和一帮群众演员等机会，为了省钱，每天都是从居住地沙滩跑过来，好不容易等到的机会，都是演个死尸、跑堂之类的，根本没台词。

我曾想过回家，但为了赌被人嘲笑的这口气，我咬牙坚持了下来。

熬了两年后，《盲井》剧组找我去试镜，后来得知让我演主角，我当时就傻了，一晚上也没睡着觉——我哪会演戏啊？

直到开拍，我也没敢跟家里人说这事儿，因为我怕拍着拍着，人家就不要我了，结果人家没不要我，还给了我1000元钱的片酬。

我从来没有挣过这么多钱，那时候我给人家擦一个月的玻璃也就100块钱，结果因为把玻璃打碎了又赔了100块，这1000元够我活多长时间啊！

其实，《盲井》都是导演让我怎么做我就怎么做，第一次在大银幕上看到自己，我一直偷着乐，那个画面上就是我啊，怎么能是个演员？

拍完《盲井》后我的生活依然没着落，但我的心气却发生了变化，反正再找我演个死尸什么的我就不去了，至少得是个角色，有台词，或者当武行也行。

而现实情况是，还是没人找我拍戏。迫于生活，我不得不又回到工地打工。

成名之后：我和“许三多”很像

直到我被冯小刚发现，演《天下无贼》里的“傻根”。

其实这并不是我第一次见到冯小刚，他拍《大腕》时我就是一个群众演员，当时导演还和群众演员一起拍了照，不过后来照片没给我。

听到要跟刘德华演对手戏，当时我的表情就是张着嘴“啊”了半天。回过神就立刻给我哥打电话——他最喜欢刘德华了，结果他根本不相信。直到报纸上登出了照片，家人才相信这是真的。

影片上映后，一夜之间，我红了。

找我演戏的人多了。但《暗算》等电视剧对我个人的表演来说，并没获得太高的评价，不过当时我对未来没做太大的设想，反正认识的人开始多了，钱也赚得多了。

2007年，《士兵突击》火了，演这部电视剧，是我一生中重要的转折点。从那以后，大家都不叫我“傻根”了，开始叫我“许三多”。

其实，接演这个角色的时候，我根本想不到日后能影响到那么多人，每次我听到身边的人说“许三多”的语录，我都高兴得不得了。“好好活着就是做有意义的事，做有意义的事就是好好活着”；“不抛弃，不放弃。”这些话，现在说起来也带劲儿。

以前，别人说我是本色出演，我不觉得是赞扬的话。但我和“许三多”的经历、性格都很像，他的人生观、价值观和我也是一致的。虽然这个剧本并不是为我量身定做的，但最终我把它变成了为我量身定做的结果。我根本不用去塑造，往那儿一站，我就是“许三多”。

等到了《Hello！树先生》，我就想怎么把自己变成“树先生”。实际上，在“树先生”之后的每一个角色，也都不会再看到王宝强的影子，因为从“树先生”开始，我是一个演员。

保持习惯：每年秋收都干农活

我儿时的梦想是拍武打片，这么多年，这个梦在我心中从未远离过。我曾多次想，如果可以，我很希望能够回到年少时，在少林寺中度过的那段时光。

接下来，我要跟甄子丹合作一部3D电影，里面有很多我俩对打的戏份，这一次我会打得特别猛、特别狠，一定要让别人看到一个从没见过的王宝强。

以前，我赚了点钱就想能给家人买个房子，还能有点闲钱让家人偶尔出去旅旅游。后来这些愿望都实现了，我反而一度有点不开心。

成了明星后，工作和应酬没完没了，还要整天穿戴那些以前根本不认识的名牌。我刚开始穿着西装、晚礼服感觉很别扭，但很多事情都已经不再受我控制了。

但现在我已经很适应这种生活了，也很享受这个过程，因为这个光环是我努力得到的。再说，名牌穿起来感觉就是不一样，质量确实好。

我父母一直都希望我能早点娶上老婆，我成了明星之后他们就再也不催我结婚了，因为有好多人都往我家里寄情书。我很幸运遇到了我的老婆。我们没办婚礼，我也没送她钻戒，但我们很幸福。结婚后我心里更踏实了，家庭给我带来很大的支撑。没结婚前，我总有一种漂泊的感觉，不管我有多么成功。

现在我当了爹，突然感觉自己长大了，真正体会到什么叫做责任感。现在我只要一出门，就挂念这个家。

这么多年，我一直保持着一个习惯，就是每年秋收的时候，都会回到老家帮家里人干农活，一回到地里，我就浑身都是劲儿。乡亲们说，哟，都影帝了，还下地？又说，电视里看你觉得特遥远，其实面对面一看，还是咱村里的人。这些话，我听着心里很暖和。

同题问答：他们的十年

1. 这十年，你最大的改变是什么？

演戏进步了，从一个北漂变成一个明星，家人的生活也好起来了。

2. 这十年，最美好的事儿是什么？最不愿看到的是什么？

少林寺和北漂的时光都挺美好的，我很想念当年跟我一起在北京电影制片厂门口“趴活”的伙伴们。不过最不愿意怀念的，也是北漂时期，我为了证明自己，3 年没回过家，父母完全不知道我那时是个什么样子，对我特别担心。

3. 未来十年，你对个人的最大期待是什么？

我不奢求自己以后能够走得多远多高，只希望家人健康、幸福。

4. 未来十年，你对国家的最大期待是什么？

这十年国家变化就很大，我赶上了好时代，因为这个时代需要我这样的人，才会有我的今天。未来十年，我们的国家一定会越来越强大。

（2012 年 11 月 8 日刊发，记者：孙琳琳）

我是企业家，不是慈善家

曹德旺

福耀玻璃集团创始人。中国首善。

（图：秦斌）

“中国首善”的慈善观

曹德旺福州郊区的别墅门口，卧着一个一人高的铜制貔貅。这种动物口大，腹大，无肛门，只吃不拉，象征揽八方之财，只进不出。但曹德旺却让人在自家貔貅屁股上捅了个拳头大小的洞，他觉得貔貅只进不出“很小气”，他要帮助它“有进有出”。这也是曹德旺看待经营企业和做慈善的态度。

过去十年，曹德旺带领着福耀玻璃接连打赢两场国际反倾销官司，大规模拓宽市场。他手握价值数十亿的福耀股票登上富豪榜。与此同时，他不断做慈善，并连续两年成为“中国首善”。

曹德旺的商业成就，在于他白手起家，并带着集团成为全球数一数二的汽车玻璃厂商。但在商业成就外，安永全球主席兼首席执行官吉姆特利说，曹德旺身上更“体现了企业家精神。”拿过无数荣誉称号的曹德旺最看重的奖是“安永全球企业家奖”。在曹德旺看来，真正的企业家令人尊重：“企业家所追求的并非是利益最大化，也不仅是产品的臻于完美和技术的进步，还有社会责任感和担当。”

2010 年，曹德旺捐款超过 10 亿元，成为当年的中国首善。这个数字是 2009 年首善捐款捐物数额的 3 倍多。为何会在 2010 年大规模捐款？“刚好钱在口袋里也没有用，就拿去捐了。”曹德旺轻描淡写地回答。

汶川地震后，曹德旺捐出 2000 万元，他嫌不够，提出捐出自己的一亿股股票。这一想法被拒绝后，曹德旺的烈脾气上来了，“不让捐股票，我就卖股票捐款。”一亿股股票变现后，曹德旺户头上有了 10 亿元。玉树地震爆发后，曹德旺捐出一亿，接着又为云南旱灾区捐出两亿，随后曹德旺向家乡高山县和福州图书馆各捐了 4 亿。

除了有现金，曹德旺大举做慈善的另一个原因是“刚好也有时间”。在担任福耀集团总裁时，曹德旺将精力都投入集团经营中。2009 年，他担任集团董事长，将管理重担交给长子曹晖带领的团队。“花钱需要身体，需要经验，需要时间。”曹德旺说。

在谈过企业家和首善的话题后，自然而来的问题是，曹德旺更愿被称为企业家还是慈善家？“我是个企业家，不是慈善家，我只是在做善事。”曹德旺回答。

曹德旺将慈善家定义为专职做慈善的人，他不认为自己是慈善家。但“做慈善是做企业家不可逃避的责任”，他认为自己的种种善举是在履行企业家的责任。

同题问答：他们的十年

1. 这十年，你最大的改变是什么？

过去十年，我对企业家的职责和道义，对慈善的本质和意义有了更深入的思考和认识。

2. 这十年，最美好的事儿是什么？最不愿回忆（看到）的是什么？

最美好的事就是成功地把大批的钱捐出去了。最不愿意看到的事是人家拿着名誉头衔戴在你头上。

3. 未来十年，你对个人的最大期待是什么？

希望当我退休时，精神愉快，身体健康，有足够精力做我想做的事情。希望能尽我所能传递经验，对社会有益。

4. 未来十年，你对国家的最大期待是什么？

我坚定地相信，中国会有一个令人期待的新十年。

（2012 年 11 月 8 日刊发，记者：孔璞）

离婚是跟不知道的未来签了一个合同

姚晨　著名演员。

（图：孙纯霞）

我不是公知，几度想关掉微博

不少人说，作为一个演员，发点靓照阳春白雪什么的也就算了，干嘛把微博搞得“轰轰烈烈”，得瑟什么？

成名前我是一个偏内向的人，上大学时只喜欢泡在图书馆里。成名后遇到话不投机的还是没的聊。可能跟我的口头表达能力没那么强有关，不自信的时候就不敢说，所以 2009 年 9 月 1 日，一个在新浪工作的朋友帮我开了微博，刚开始时我觉得很自由，想写什么就写什么。

一个月后，我的粉丝达到 10 万，那叫一个激动！ 10 万人要是集体喊一嗓子都能把我震一大跟头！一年半后，粉丝过了千万，我越来越感觉到一种诚惶诚恐，我觉得我被微博“绑架”了。

以前小情小调的东西我都会写在微博上，但渐渐发现自己写不出来了，因为你无论说什么都会被人挑出错，也不知道哪句话就踩到了谁的尾巴。我觉得自己一直在摸索说话的边界，微博教会了我分寸感。

听到微博女王，心会咯噔一下

我曾几度想过关掉微博。但是看到那些不平事，我没有办法假装自己没看到，其实很多时候我已经是尽量先深吸一口气了。

我承认，我发的微博也被“和谐”过、警告过，自己也操刀删过。我觉得用在我身上一个不恰当的词儿，是“公知”。我理解的真正“公知”应完全能够承担社会批判的任务，必须对时事、对民生发出强有力的声音，并且一直追问到底。而我，完全不是那么回事儿。

还有一词儿，可能跟我关注的大多是老百姓的事情有关，很多人都觉得我有亲近感，其实我特别怕人用“亲近”这个词儿形容我，千万别。

很多人都习惯在发个微博时 @ 我，每天都是成千上万条，我都快成上访机构了。后来就有人说我的微博报价是一条 6 万。坦白讲，赚钱本身不丢人，但在微博上收取广告费这种事儿，我还真不稀罕。

人都需要宣泄，微博能火也是因为这个地方可以让人撒撒气，而且还增加了老百姓对一些事件的判断。比如微博就粉碎了好多我纯真年代时心中的完美偶像。

虽然我们经常在微博上看到国家的一些问题，但我们依然看到了好多老百姓可爱之处。前几天我发了一条拍宁财神《龙门镖局》的一张剧照，我说我演的干部一看就是个好官儿。下面的留言把我乐坏了，有网友说你敢不敢把手伸出来给我们看看你戴的什么表？

我现在花在微博上的时间越来越少了。3 年了，夫妻 3 年热情也都过去了。你在微博上其实获取不到真正有价值的东西。我现在面对微博的心态已经慢慢调整了，高兴了就写两句，不高兴了就不写。刚开始我是被它“绑架”，现在我不想“绑架”自己。

我也很诧异有微博这样的东西出现在我生活里，而当我意识到它的影响力越来越大的时候，我其实特别想远离它。拧巴了一段后觉得算了，我也别非得跟它斗争，就顺应吧，顺应它的诞生、它的红火，也顺应将来它可能的消亡。

如果让我在“微博女王”和演员之间做出一个选择，我会毫不犹豫地选择后者。每次听到人家叫我“微博女王”，心里就会咯噔一下，“微博女王”是个什么职业？让人觉得不务正业，连我自己都有这样的感受。

我不是“好演员”，《潜伏》给我撑了腰

我知道有人会这样说：如果没有微博，姚晨就是一个二三流的演员。这个说法我接受，在演戏上，我确实没太多好作品。

2006 年，《武林外传》火了。而演《武林外传》时我还是一个没毕业的黄毛丫头，带着自以为是的状态去演，哪个大学生不自以为是呢？以为走出校园，世界就是我们的，“郭芙蓉”就是这个劲儿，而且那时候也没人知道我，演起来没什么压力。

但是演《潜伏》里“翠平”的时候，我完全没有任何人生经验可以去用，这令我非常抓狂。唯一一次因为塑造角色而哭得稀里哗啦。

其实聚光灯下的明星生活，我没那么享受。我一直对走红毯感觉特别别扭，没带高跟鞋、裙子裂开……但我唯一一次走红毯时特别有底气，“趾高气扬”的，就是 2009 年，《潜伏》最受欢迎时。是这个作品给我撑了腰。

其实我很小女人，再婚让我感觉安静

把《搜索》放在后面聊。这个角色的确借助了很多我的人生经历，尤其是对感情的看法。

是的，2011 年我离婚了。

离婚是两个人的痛苦，但干我们这行的，还得承受着舆论的压力。20 岁的时候受到了这样的伤害，只是痛；30 岁的时候，痛彻心扉。

这段婚姻带给我的感慨太多了，对我的人生观也产生了很多的影响，但好在，我觉得还是属于好的影响，丰富了我对人的看法。人生都是悲喜交加，这是一个生命的过程。你觉得你什么都能做，最终你发现其实

你什么也做不了，唯一能做的就是静静地感受这一切，不管它是喜还是悲。

还记得自己小时候成天跟男孩混在一起，爬树、钻火车。14 岁去舞蹈学院上学，自己提着很重的行李，有男孩说我来帮你拿，我就说不用，后来跟同学一起出去，我也从来不让男孩帮我提行李。

朋友私下都叫我“大姚”，其实，我的内心很小女人。

在感情上我特别依赖别人，这也是我为什么会很快选择第二次婚姻的原因。我的第二任丈夫曹郁让我感觉很安静，是我现在很想要的那种安静。

同题问答：他们的十年

1. 这十年，你最大的改变是什么？

他们都说我长好看了（双手托腮做萌状）。

2. 这十年，最美好的事儿是什么？最不愿回忆（看到）的是什么？

美好的事情很多。但最不愿回忆的一幕，就是离婚签字的那一刻，感觉是你跟你不知道的未来签下了一个合同，彻底的。

3. 未来十年，你对个人的最大期待是什么？

赶紧生孩子，生完孩子还能保持身材。

4. 未来十年，你对国家的最大期待是什么？

央视做的那个采访，就是在大街上采访一个人，问你幸福吗？那个人真的很大声地说我幸福，而且所有人都不会嘲笑这个答案。

（2012 年 11 月 8 日刊发，记者：孙琳琳）

我给自己过去的十年打100分

姚明

篮球运动员。

（图：吴江）

“人生没有十全十美，我已经知足”

处女座的姚明，是典型的完美主义者。过去，对完美的追求让姚明感染了所有人。如今，这份对完美的坚持，让他这个 NBA 职业生涯场均接近 20 分 10 个篮板的中锋，很难接受步履蹒跚地留在赛场，无法再影响和改变比赛，“我不想把一杯茶彻底喝干，失去了所有的回味。”

其实，姚明是什么样的人，取得了什么成就，无需赘述，相信你即使不喜欢篮球、不热爱体育，即便从未到现场观看过任何一项体育赛事，但姚明的名字，无人不知，他在这十年当中，已经成为了一个符号。

在中国，也有“姚黑”。当他们为姚明没有取得更高的成就、没有赢得一枚 NBA 总冠军戒指感慨时，姚明说人生没有十全十美，他已经知足。

在为过去十年打分时，姚明给出的分数是 100 分，“我已经尽了自己最大的努力，每天我都竭尽全力，没有什么是我后悔自己没有尽力的事情。这就是我能赢得的最好的成就了。每个人都有自己的烦恼，我也有，不比别人少，只是各自的烦恼不同，如果你问我是不是愿意和别人身份交换，我觉得还是算了，做姚明挺好。”

姚明说，今后也会有中国的球员踏上 NBA 的赛场，“从目前这个阶段来讲，能够去 NBA 打球，是对这名球员的一个认可、一种褒奖，也会有成就感。但我认为，不要把这些看成一切，要有平常心，不要认为到了那里，就是有了荣誉、成就、物质，拥有了一切。但不可否认，这是一部分，但一定要抱着平常心来面对这一切，是我前进的方向。”

难忘十年前在上海并肩战斗的队友

作为在 NBA 中最成功的中国球员，姚明并没有忘记自己是从上海队起步的。

十年前，他帮助上海队获得了至今为止的惟一一个 CBA 总冠军。直到今天，他都没有忘记当时与他并肩战斗的每个人，“我还时常想起当年的教练和队友们，他们是主教练李秋平指导、助理教练王重光指导、王群指导、陆智强指导，队友 4 号刘鹏、5 号海瑞、6 号章文琪、7 号贾孝忠、8 号刘炜、9 号贾楠、10 号斯蒂文·哈特、11 号泰弗斯·威廉姆斯、12 号葛敏辉、13 号王思章、14 号大卫·本沃，15 号是我，16 号王立刚、17 号徐扬、18 号杜华光，还有领队李耀明、俞小苗，队医费根伟。”

姚明说，“他们当中有些人至今还在队里，继续为球队做贡献，而绝大多数人已经离开了球队，无论如何我们不应该忘记他们。借此机会，我祝愿他们在各自的领域里，享受工作、家庭以及各自忠爱的篮球事业所带来的快乐。”

终于到了退役那一天，姚明有些不舍。2011年7月20日那天，姚明感谢了很多，他把自己的退役新闻发布会用“明谢”来概括。

“懂得感恩” 所以投资上海篮球

姚明是一个懂得感恩的人，否则他绝不会成为上海大鲨鱼俱乐部的投资人。要知道，CBA现在虽然风生水起，但很少有俱乐部能真正实现盈利。

姚明说，“3年前，我成为上海大鲨鱼的出资人，和俱乐部管理团队一道为这支球队直接做些事情。可喜的是，教练员、运动员、管理团队、新闻界以及社会各界人士的努力已经初见成效，上海大鲨鱼已经看到了更加广阔的发展空间。”

在姚明看来，如今广泛的社会关注极大地提升了CBA联赛的价值，这使得投身其中的每家俱乐部乃至每个人，都更有理由对未来产生更大的期待。

CBA冠军的产生，已不再完全取决于个别球员的发挥，而是演变为俱乐部综合实力的全方位竞争。

“认识到了这些，也就明确了今后上海男篮的发展方向。我们不但要提升俱乐部的硬实力，即球员个人能力和球队的技战术水平，还要提升俱乐部的软实力，即俱乐部文化、价值观、影响力、道德准则、感召力等无形的力量。我相信，耐心听、踏实地做正确的事情，哪怕短时间内效果不十分明显，成功也就是个时间问题。”姚明说。

“人在不同的阶段有不同的追求”

姚明是一扇窗，他让很多美国人通过这个2米26的大个子了解了中国。他与翻译科林·潘之间的故事，还被选入美国语言学校的课本。

作为一名国际巨星，姚明的影响力显然已不仅仅局限在篮球场上，他对篮球在中国和亚洲的推动作用，有目共睹。他多年在福布斯财富榜上位列中国运动员首位，开设“姚餐厅”，买下上海篮球队，做音乐，玩红酒……

此外，姚明还曾获邀参加白宫国宴，参与拍摄中国国家形象片，担任特奥形象大使、上海世博形象大使，《时代周刊》曾两年连续把他选入“世界最具影响力100人”，展现了姚明在国际舞台上的影响力。

退役后，姚明的影响力丝毫没有减弱，他跟随上海男篮征战客场，所到之处场场爆满。

如今，姚明爱上了高尔夫，他多次受邀参加高尔夫名人赛，他所使用的超长球杆甚至都会成为焦点。

同题问答：他们的十年

1. 这十年你最大的改变是什么？

成家立业。有些事情，只有成家后才明白。我 2007 年结婚，从那以后感觉自己的思维方式发生了变化，也就是遇到事情不能只从自己的角度出发，要多考虑家庭。这也是一种换位思考吧。我在退役后开启了自己的事业，我都从中获得了快乐和满足感。这就是所谓的“三十而立”吧。

2. 这十年最美好的事情是什么？最不愿意回忆的事情是什么？

最美好的事情是女儿的降生，喜悦之情是无法用语言形容的。说实话，我没有什么不愿看到的事情。

3. 未来十年，你对个人最大的期待是什么？

我想做很多事情。我希望上海篮球能长盛不衰，我希望姚基金倡议的“希望小学篮球季”能为更多的孩子带去运动的快乐，我希望野生动物不会再被杀戮，我也希望例如“特奥会”这样美好的事物能够发扬光大。对于我个人而言，我最期待的事情是完成自己的大学学业，进入大学学习，机会难得，我要倍加珍惜。

4. 未来十年，你对国家最大的期待是什么？

期待改革开放能进一步深化，国家能进一步发展，同时这种发展能够真正地惠及百姓，体现社会进步。

人都有不打球的那一天，等到那一天真正到来的时候，我想我还是会在两个国家之间奔波的。一方面是我的祖国，无法割舍；另一方面是我篮球事业的成就，我也有很多青春岁月在这儿，总是有一些留恋。希望可以回到某一天，当然这只是一种猜想而已。这是我还未退役时的想法。

再补充下我个人未来的十年规划，人生目标有时会发生改变，在某一个阶段都会有不同的追求。未来十年我会慢慢地去经营我的家庭，也希望能为中国篮球做出更多的贡献，帮助中国在世界的篮球舞台上有发展。

（2012 年 11 月 8 日刊发，记者：田欣欣）

为了梦想不放弃

李代沫

音乐人。

（图：郭延冰）

启蒙：我是真的喜欢唱歌

小时候他们让我学单簧管，只是觉得孩子有个特长比较好。2002年11月，我14岁，已上初二。那时已经不吹单簧管了，因为父母怕耽误学习。那时身边同学很多都去学钢琴，但钢琴太贵我家买不起。我们家是很普通的家庭，我爸是警察，我妈是公司职员，都是“铁饭碗”。

虽然不吹单簧管了，但我仍然热爱音乐，我是真的喜欢唱歌。平时关注的也都是歌手的新闻，一谈音乐兴致就特高。我们家有几个远房亲戚是搞艺术的，他们觉得我还算是有点天赋，就跟我父母说可以让孩子尝试一下。这件事上，父母一直很支持我。我爸常说“儿子，只要你觉得这件事是对的，我们就支持你。”

初三毕业那年暑假，我就开始系统地学习音乐了。家里请了一个声乐老师，一堂课30 ~ 40分钟，100元/次。我们高中周一~周六都是全天上课，周日半天。因为我已经决定了走艺术道路，所以每天晚课都请假回家学声乐，坚持了两年。父母顶住了很大压力，在一些亲友看来，学艺术就是走旁门左道，还费钱；况且我的文化课并不差。

高二下学期，我父母因为一些原因不在一起了，很多时候我都是自己一个人。晚上我就去酒吧唱歌赚零用钱。那时我已经很胖了，台下说什么的都有，断断续续唱了不到一年……这段经历我不想说了。

高三的时候，父母又在一起了，大部分是因为我的原因：他们还是希望家能有个家的样子，我也马上面临高考。

减肥：360斤让我很自卑

因为胖，上大学后我很自卑。最胖时快360斤，每天都很消极。唱歌是唯一能让我开心的事，也是我仅有的被大家认可的地方，我不能输掉。每次老师布置的作业我都特别认真去练，大学期间专业方面我可以说是问心无愧。我不是个很聪明的人，我学一首歌，就是反复听反复学，直到唱这首歌就像我说话那样自然流露。我都是躲起来唱，自己唱给自己听，感动自己就行。

刺激我减肥是由于感情失败。之前也想过减肥，但一直很懈怠。这次我想，既然我改变不了世界，那就改变自己吧。

我从大三下学期开始减肥，运动加节食。那段时间每天6:00 ~ 7:00起床，早饭半个玉米饼，西兰花和木耳拌着醋吃。从17:30以后，就什么都不吃了。从减肥开始到现在，我基本没碰过米饭。我是在老家减的肥，老家冬天很冷，一到晚上我就“饥寒交迫”。

8个月后，我瘦到了150斤，终于能穿上那种特别瘦的裤子。减肥让我患上了习惯性胃痛，但我不后悔。我胖的时候吃得很多，前20几年我享受到了，应该是奋斗的时候了，吃点苦才知道不是什么事都能轻易做到的。我一个表姐以前就说我“你连减肥都做不到，你以后还能做什么？”

徘徊：不放弃音乐成了北漂

大四开学，我们就开始找工作。我心里已经接受了转行这个事实，师兄师姐们的经历在那摆着呢。我这届毕业的，百分之七八十都转行了，有的考公务员，有的去了银行，都和音乐无关，也有一小部分出国留学的。我也想过考研，但竞争太激烈，而且考完研还得面临找工作，那还不如先找个工作稳定下来。

我去杭州一个大专院校实习，团委老师，负责组织管理学校的文艺活动，不是教师编制，算是办公室人员，毕业后我和单位签了合同。在杭州工作近一年，感觉不怎么好，环境不差，正常上下班，但毫无生气没有激情。在杭州我还参加了浙江卫视的《非同凡响》，因为没想过再唱歌，就没怎么准备，名次也不好。

过年回家，我一个在北京做音乐的老乡问我：“放弃唱歌，你甘心吗？”我说：“不甘心。”他说你想唱，不见得非得把唱歌当成职业，你可以来北京找个行政类的工作稳定下来，业余时间我们可以一起玩音乐，改编歌曲做些小演出。我这个老乡在北京做“音乐教室”，主要教小孩子很基础的音乐知识，也兼职在培训机构做老师，还做合唱团，发展得还行，他的想法我也能接受。年一过完，我就辞职来到北京，成了一名“北漂”。

运气：好声音让我重拾梦想

来北京前，我觉得北京机会多，怎么也能有个落脚地。来了之后我发现，机会是多，但竞争压力也大。很多用人单位看我以前的经历，都觉得学艺术出身的人“不靠谱”。后来有个单位有意接收，面试我时又提出“学艺术的人哪有心思做别的？”我说我保证会对工作很上心，他们才同意试试。在北京我住大姨家，收入勉强够花。

以前我翻唱一些歌曲会放到网上，被“好声音”导演组发现了，他们通过朋友的朋友找到了我。我做梦都没想到有一天我能唱给四位老师（刘欢、庾澄庆、那英、杨坤）听。之前我比较缺乏认同感，我自己觉得挺好，但别人觉得好吗？我想得到这些老师的认可，不管有无成绩，我有这个表演欲，我也没什么其他本事，就把自己认为好听的歌，唱给老师听。

我的梦想就是要么在舞台上表演，要么当个声乐老师，把我学的东西教给大家。

参加“中国好声音”，我又拾回了我最初的梦想。“中国好声音”结束后，我回家和大学同学吃饭，大家都哭了。他们希望我做自己，在音乐道路上走下去。我大学老师也打来电话，告诫我不要忘记过去，坚持自己的东西，别太浮太飘。我承认我运气好，来北京3个月就遇到了“中国好声音”选拔赛，但是运气再好，没有那个准备也会错失机会。不要轻易放弃自己想追求的东西，如果你认定了，就要在喜欢的领域里好好学习，不断地丰富自己，做到真真正正的有实力。

“中国好声音”之后，我才真正明白了那句话：机会都是给有准备的人准备的。

同题问答：他们的十年

1. 这十年你最大的改变是什么？

形象上有很大的改变，性格更开朗也更自信了。

2. 这十年最美好的事情是什么？

通过“中国好声音”这个电视节目，很多人认识我，喜欢我的歌，我被大家认可。

3. 这十年你最不愿意回忆的事情是什么？

上高中和大学头两年，自卑，没有认同感。

4. 未来十年，你个人最大的心愿是什么？

我的事业才刚刚开始，我的目标就是踏踏实实做音乐，把喜欢的歌唱给更多人听。别的领域有机会我也愿意尝试一下，我觉得自己长得还挺有特点的。希望能够通过自己的努力，来报答父母这么多年的支持，让他们过得越来越好。

5. 未来十年，你对这个国家最大的心愿是什么？

繁荣强大，在各方面真正地处于世界领先地位。

（2012年11月8日刊发，记者：勾伊娜）